黄德义 著

季节深处的呼喊

JIJIE SHENCHU DE HUHAN

时代出版传媒股份有限公司
安徽文艺出版社

图书在版编目（CIP）数据

季节深处的呼喊 / 黄德义著. -- 合肥 : 安徽文艺出版社, 2024. 12. -- ISBN 978-7-5396-8202-0

Ⅰ. I227

中国国家版本馆 CIP 数据核字第 2024LB2477 号

出 版 人：姚 巍
责任编辑：胡 莉　　　　　　装帧设计：熙宇文化

出版发行：安徽文艺出版社　　www.awpub.com
地　　 址：合肥市翡翠路 1118 号　邮政编码：230071
营 销 部：(0551)63533889
印　　 制：安徽联众印刷有限公司　(0551)65661327

开本：710×1010　1/16　印张：18.5　字数：300 千字
版次：2024 年 12 月第 1 版
印次：2024 年 12 月第 1 次印刷
定价：68.00 元

（如发现印装质量问题，影响阅读，请与出版社联系调换）

版权所有，侵权必究

目录
catalogue

序　沈天鸿 / 001

格物之调

神州古月 / 002

非透明时刻 / 004

洞居 / 006

江城古塔 / 008

江堤古柳 / 010

天气预报 / 011

不存在风声 / 013

抚摸石头 / 015

夜咖啡：二十四匹雪色烈马 / 016

野树 / 018

围绕着鱼 / 019

球·铿锵玫瑰 / 020

十月的杯盏 / 022

空壶 / 024

树杈上下 / 026

独立兀崖 / 028

接近那块石头 / 029

静观 / 030

坐在玉米当中 / 031

寄语开往天堂的火车 / 033

一涌而上的秋水 / 035

是谁在向着南方歌唱？/ 036

芦花的温情 / 039

雪意九段：雪落在雪白之上 / 041

短诗四章 / 045

立夏,在龙山口遇见一场雨 / 048

草木间 / 051

是水,却又不尽是水 / 053

我敬畏这个寒冬的冷 / 054

大地之上(组诗) / 056

我在深火中打铁 / 059

杧果之味

今夜无风 / 062

一盅老酒 / 064

依墙而立 / 066

十五之夜 / 068

月色如水 / 070

再度龙年 / 072

离别 / 073

我以叶子的方式仰望你 / 074

日常生活 / 075

杧果 / 077

设想时光是一条隧道 / 078

雨夜独语 / 080

独品中秋 / 082

忙音 / 083

这是你的手 / 084

寄语 / 086

背对偌大的城市 / 088

执手抵达 / 090

爱情在上 / 091

爱与九节灿烂的夜色 / 093

我选择了右侧安居你 / 099

我无力拯救的七片雪 / 100

整个冬天,我在山上等待 / 103

整个三月,我只想写好这首诗 / 105

转身就是五月江南 / 107

在一茎叶脉里遇见 / 110

秒断:寓言彼岸 / 111

爱情是铁 / 114

这一刻是那么珍贵 / 115

应该确定是爱的 / 116

凡经过我的,必将经过你 / 118

大地之疡

传说死亡是夜的颜色 / 120

徐锡麟 / 122

就在那一夜 / 124

雁领死后 / 126

想家的时候 / 128

俯视乌江 / 130

你是我赖以歌唱的唯一的伤口 / 132

其实都是一种飞翔 / 134

十三束未经风雨的火焰 / 135

细雨中我们俯首志哀 / 137

夜访鲁迅 / 138

春的来路,母亲的方向 / 140

无力抵达草莓的边缘 / 142

在温湿的灰烬中怀念 / 144

一枝菊花的敬意 / 145

伤怀,那手指前方的人 / 147

诗人伊蕾已经远行 / 149

闲坐迎江寺 / 151

秋天的背影(组诗) / 152

姨娘 / 154

病中杂记(组诗) / 156

麦子的忧伤 / 158

族氏令 / 159

读史听沙 / 161

瓦罐及山顶的雪 / 162

转身之后,便是星辰大海 / 163

乡野之疡(组诗) / 165

枪声中,一切都在变硬 / 169

海子的德令哈 / 171

纪念:活着,正是为了去爱 / 173

自然之爱

暖雪 / 176

历经辉煌 / 178

从草的根部出发 / 180

叶子就站在秋天的高处 / 182

我听到麦子骨头的碎声 / 184

秋风行走 / 186

季节深处的呼喊 / 187

湘西诗行(组诗) / 188

一杆荷花的史记 / 196

星空秋语 / 200

雨水, 雨水 / 202

致敬李白(组诗) / 204

一朵溺水的荷花 / 212

秋之私语 / 215

候鸟,从天空飞过 / 216

致敬大地(组诗) / 218

除了我身后的时间 / 223

面对秋天的田野 / 225

深秋抑或初冬的黎明(组诗) / 227

九年之忆:龙山风水与高速公路 / 232

我只想写下这些,就这么简单 / 235

我想对新年的曙光说 / 237

你就一直守在这山口 / 239

再遇瀑布 / 241

秋后的大地,并非一无所有(组诗) / 243

天空下的河流(组诗) / 245

遇见李白的山山水水 / 249

节气辞(组诗) / 252

我们必将有所怀想(节选) / 258

附录 游走在冰与火之间

聂 茂 / 266

后记 天空下的河流及诗观 / 274

序

沈天鸿

  德义是我 1984 年 10 月调动到安庆市工作后,最早认识的两位朋友之一。纽带自然是诗——对于他和我而言,世界的一半是日常工作,一半是诗歌,"世界就这样组成"(黄德义《树杈上下》)。因为这个,德义从那时开始到现在所写的诗,我几乎都即时读了。不过,借他现在出版诗集的机会,我得以再读而看到他诗作的全貌,对他的诗有了总体的认识——热烈中的冷峻、恣肆中的收敛(当然,有时也是冷峻中的热烈、收敛中的恣肆,或者是这几者的混合)、奔泻的豪放和细腻的温柔,构成了他的诗的质地和风格,也使他诗有了多副笔墨。而即使是一种笔墨写成的诗也并不单一,而显得复杂,并且常常构成对立之回旋。

  这些,在他最早的诗中就已显露。例如写于 1986 年的《依墙而立》、1988 年的《抚摸石头》。

  《依墙而立》的主调是内蕴着热烈(昂扬的斗志)的冷峻、收敛的豪放和温柔。尤其值得注意的是这首诗中的墙,是黄德义成功创造的独一无二的新的墙的意象,它一改历来封闭、阻碍的特质——

  墙,就在你的身后
  墙永不退缩
  ……
  墙是一方站立的泥土
  墙的力量无敌

墙是一方站立的土地
母爱的力量无敌

而且,"十足的信心有墙撑着",墙一如"母亲温暖的胸膛","当你心碎,伏身向墙/墙会吮尽你心头的苦水与泪水"。其诗作一反常态创造出新的意象,难度之大不言自明。德义写诗之初就能有这样的作品和创造力,并且是在中国大陆现代诗刚刚成形的1986年,说是难能可贵就不是溢美之词了。

与《依墙而立》相比较,《抚摸石头》持有上述的德义诗歌的同样特点,但处理上多了些圆润。"世界从石头开始/ 又将从石头结束"这样警句式的诗句,是黄德义式的坚毅的闪现。这两行构成的判断似乎无理,但从它前面的两行读下来,就水到渠成,并能理解其合理性——"坐在石头上静静抚摸石头/ 掌心充满碎裂的心声"。石头碎裂后风化成孕育生命的泥土,所以世界从石头开始,当这泥土耗尽生机,世界也就等于将从石头结束。

此后德义的诗的形式基本在此轨道上运行,发生转变应该是在2010年,以《是谁在向着南方歌唱?》为标志,其特点是:1.小长诗。2.保持一以贯之的原有特色的同时,适当运用了铺排,形成奔泻的气势。3.坚硬的骨骼仍然存在,但深情的分量加大了,并且借助小长诗结构的一、二、三、四……注重情感性质和意义的一转再转,从而克服了铺排这一手法天生具有的因平面而单调、因单调而枯燥的弊病。我觉得,德义其实是将朗诵诗的写法,成功地运用到非朗诵诗的写作中来,并且克服了朗诵诗如果不朗诵而是读,就单调而枯燥的弊病——从听觉和视觉来说,诗有两种,一种是通过朗诵或者咏唱诉诸听觉的,一种则是几乎只限于视觉、通过默读去感受的。这是又一个创造。

当然,德义的诗是有诗意的。在我看来,他主要是通过上述种种手法,创造出大大小小并且处于变动中的空间,有了这种大大小小并且不断变动的空间,各空间的意象就活跃起来,交错、纠缠、撞击、辐射,产生意味,注满并且溢出这些大大小小的空间,被读者感受到,就是人们常说的诗意。

诗意对于诗极其重要,没有诗意,诗就只是分行的文字。思(动词)与思想对于诗尤其是现代诗同等重要。

德义的诗歌情感诉诸的对象是全方位的:祖国、故乡、亲人、恋人、山河、草木、大地、石头等等,无一不是。情感的真挚、浓烈,显而易见。以情感人,自是写作文学作品的重要原则之一。但是,现代诗抒发的情感如果没有思与思想做支撑,就没有多少价值了。

德义的诗的可贵之处是真挚、浓烈的情感中总是蕴含着独特的思以及思想。例如前面已经分析过的一反常态的"墙",《抚摸石头》中的"世界从石头开始/又将从石头结束",又如《从草的根部出发》中"春天从草根出发",等等。特别值得玩味的还有《我只想写下这些,就这么简单》这首,我间断引用几行——

> 我只想写下这些,就这么简单
> 在这冬天的斜阳里
> ……
>
> 我想写下苍茫,大地
> 却闭上双眼
>
> 我只想写下这些,不为其他
> 我知道,最简单的生存,却因此
> 变得诗意隽永

这几行集中地显示了德义对应该怎样写诗、诗和现实世界的关系,以及诗对于生存及生存者的作用的思考,可以看成是他的诗歌观念。而如此抽象的道理应该是论文论说的主旨,他能够游刃有余地写得这样诗意盎然,足见他的诗艺相当精湛。

德义运用现代诗技巧的方式也颇有他个人特色,例如他运用现代诗最常用的隐喻、象征,并不是直接用来观察乃至进入现实世界"之上"或者重叠于现实世界的"那个"诗要呈现的世界,而是用来沟通。所以,他的诗中现实世界的成分很重。结合他的一些诗明显地具有中国古典文学的色彩,我猜测这就是其原因——换句话说,就是他继承了中国古典文学体现出的"观看",他的诗是中国传统文学方式和现代方式融合的结晶,不过,依然是现代的占主要地位。

上述也是我愿意给德义这本诗集写序的一个原因。

谨以此序祝贺德义这本诗集付梓面世——读真正的诗使我们能够看到和面对自己。即使没有看见自己,看见了更多的人、更多的人生与存在,也是收获。

2021 年 4 月 8 日于安庆

(**沈天鸿**:安徽省作协第四、第五届副主席,中国作协会员,高级编辑,安徽省散文随笔学会名誉会长。)

格物之调

坐在湖滩上,我抚摸石头无语
掌中的石头光滑
掌中的石头早已死去

夕阳的余光运行在水上
水底的夕阳照耀石头和我

神州古月

月之皎兮,月之皓兮
皎皎皓月磨逝多少风雨
被屈子痛楚的神往磨过
被谪仙飘飘的醉吟磨过
沉思磨过,神话磨过
芸芸众生之茫然磨过
磨成一轮宝鉴、一盘寄托
悬于中天(岂止中天)
中天有月,月中兀立金桂树
金桂婆娑

有一自称太阳神[①]的怪物
猝然撞进,仅仅一脚
便踏破古月万万年神秘
万万年操守……

踏破神秘,绝非踏破古月
古月依旧,清光依旧
叩玉兔寂寞的桂枝依旧
依旧依旧
依旧邀骚客花间把酒
依旧于赤壁江心波起波落

---

① 美国"阿波罗1号"第一次载人登上月球。"阿波罗"即希腊神话中的太阳神。

波起波落吊一江枭雄风流

盈是月,亏亦是月
依旧满斟一樽乡愁
醉他乡浪子于皎皎中秋

一种图腾,千种象征
奏多少炎黄后裔血潮叠起
亘古如斯,无法淡泊

1985 年 8 月

非透明时刻

非透明时刻
气压很低,心头很沉
最纯净的水域也会薄雾氤氲
让最亲近的叶子和鸟遁去
让你的脸变形

你抬起的左脚再也难以落下
周遭孤独的水声,让你愈陷愈深

丛生的掌声和笑容瞬息枯萎
成另一种和谐的宁静
沿着自己年轻的生命之河溯源而上
读透你波浪的每一滴水声
你的骚动渐至宁静

雾中的黄太阳愈看愈暖
你坚信自己是河流
五千里湿漉漉的旧梦
皆会蒸腾为烟云

一任树木把你想象成
萎缩的海或折翅的枭群
任风在酒瓶和烟圈之间欣赏
　　　　　你的表情

你的微笑如初,脉动如初

款款亮出右掌,掂掂孤独的重量
　　　　　　　　友爱的重量
抬起的左脚,落得稳稳

非透明时刻是一道悠悠下垂的帘子
风吹帘起,你能不能瞧见
距你最近的究竟是谁

　　　　　　　　1986 年 4 月

洞 居

只需下降几分钟
便可把喧闹的世界推得远远的
15W 电灯照亮另一种世界
另一种世界长满石头
种种神话,于幽微处喧哗着发芽

明亮是我们,幽暗还是我们
躺下听潮湿的阴影喁喁私语
听最深的欲望嘎嘎拔节的声音
箭伤的太阳和野兽惨叫着
那燧人氏幽蓝的火焰
燃烧搏动于我们的掌心

背手像君王,沉思着来回走动
每次落脚都会踏响黄帝那年的雷声
大塬上,九曲黄河静穆如弓
那遥远的赭黄的涛声
自女娲发丛,茂盛地
一直长到鼓点激越的咖啡色舞厅

踏着古人遒劲的步子
一群黄肤色的神左右扭动——

只需上升几分钟

世界便会轰轰然砸进眼睛
在太阳金黄的麦芒里
波浪,一朵一朵枯萎
而那地下洞穴依然疯长古老的声音

1986年6月

江城古塔

一川雄涛千里之外踏风而来拍城而去
拍拍拍,拍成一艘古船
沉沉大锚陷进历史淤泥
江风中古塔木然站立如一柱桅杆
多色之梦在代代城民的仰望里
如透明之帆悠扬升起

振风塔①八角飞檐如鹤首饮吮江声
古老的风铃悠悠动荡
将不老之心交于喘喘来风

塔如桅杆却未曾扯帆远征
未曾引渡缤纷愿望航入星群
只会怀拥一尊古寺……
金刚之眼火气高燃
蒲团铜炉香火鼎盛

燃虔诚之心桃红之梦成一根拂尘
星天下古塔肃穆似老僧入定
唯有那柔软塔影
时时梦幻江天月色波心

---

① 振风塔,原名万佛塔,系古城安庆一座始建于明穆宗隆庆二年(1568)的佛塔,享有"万里长江第一塔"和"过了安庆不说塔"的美誉。

八角飞檐欲腾起成一羽鸽翅
古老的风铃莫名地激动
年轻的江风在塔心中种满回音

千帆千桨挤破江天搅沸江流
而这如船之城、如桅之塔
静望那岁月之河东去入海之水
梦想不是浪动而是船行……
代代城民如秋叶如橘黄的日子
笼罩道道幻光满足沉入虚静

一袭劲风铃声羽化成弥天鸽群
船已被众生之手推入航程
古船已成一帧美丽的风景

1986 年 8 月

江堤古柳

披一袭亘古奥蓝静穆之长天
三千根须紧抱堤土
苍老岁月爬皱皮表
听一江滔滔汤汤不衰之浩歌

三九寒寒,仲夏沸沸
寒寒沸沸如堤外生活

粗细枝条若手掌在江风中翻动
翻动风景便是翻读历史
读春江绿水残帆断棹
读瘀血号子紫红纤绳
纷纷落叶飘黄风景
江上江外有多少沉浮

唐古拉山万万年雪思日夜涌动
不知生时卒年的江风日夜涌动
根须于浪里如苍髯缕缕飘拂
不老的是蕴于江南之眼那一点柔情
迎风弹开泼绿季节
泼绿江之魂人之瞳孔
一个青年十指如根扎进黑土

祈祷江风铸他成江柳一棵根须一脉

1986 年 10 月

天气预报

此刻很和平,没有一丝风响
而徘徊于长城之北的寒流依旧
掌纹之外的海潮和台风依旧
积雨云依旧
轧轧滚动于回归线之间的
太阳依旧

头顶一蓬荒草默视乱云肆风
做无为的摆动
一口利齿能嗑破最艰涩的方言
独独无奈风声这柔软的果子

这果子,空灵且冷
且包容你辉煌或苍白的一生

(多云转晴/风向东南
　　　受高气压控制
　　　近期内将持续高温
　　　有时有暴雨或雷雨……)

纯正的普通话冷峻如真理
叫你不敢生疑
也没有理由生疑

一双玄色的鸟翅
在闪亮的风中一开一合

有人开始疯狂抢购水壶和伞
交换门和道路

只要你不愿在床和凳子上淡泊一生
就必然与天气和道路有缘
其实,无论是阳光还是雨水
都无关紧要
要紧的是一种秩序

知道如何使用水壶和伞
接近水,抑或回避水

1987 年 8 月

不存在风声

以八百里来势
一种柔软的东西
起自青萍，归于沧海
是一个动作、一种表达
或一次游戏

密集的声响开始搏击酣睡了
半个世纪的耳鼓

呼呼　飒飒　啸啸

那是草的掌声树的掌声花的掌声
水的掌声人的掌声空气的掌声
太阳的掌声影子的掌声剑麻叶子的掌声
那掌声，是一种惊呼一种呐喊
　　　　　一种异化的植物
见风便呼呼疯长

布满来路

那柔软硕大的东西搅动湖泊
无边的欲望触响岩石阴冷的语言
驻足千年的山脉开始汹涌
五色湖水被压抑的泪水浇开朵朵

黑色的火焰,蔓延四野,魔力无边——
一只柔软有力的手,无意间
扭开无数紧闭的门扉

于是,一阵呐喊一片惊呼
一丛密密生长的亚热带植物
但那绝不是风的语言

不存在风声

1987 年 9 月

抚摸石头

坐在湖滩上,我抚摸石头无语
掌中的石头光滑
掌中的石头早已死去

夕阳的余光运行在水上
水底的夕阳照耀石头和我

坐在石头上静静抚摸石头
掌心充满碎裂的心声
世界从石头开始
又将从石头结束

我坐在石头上,想象河

石头在我身下,石头在我手中
苦苦抚摸裸露了千万年的石头
无言相对。水中的夕阳
在我手中的石头上闪烁

1988 年 3 月

夜咖啡：二十四匹雪色烈马

整个夜晚皆陷入杯中
蛰伏的岁月开始骚动
款款亮出舌苔，二十四轮风雨如雪色烈马
嗒嗒有声于夜色里驰骋

猛回头／那条河，如风中古蛇仍在扭动／皑皑芦花入梦，梦幻的童年如夏夜星空在掌纹中涌动。

母亲摇橹的姿势、指路的手势依稀可见／一只赤色鸟擦水而鸣／有人在源头召唤我的名字／我的名字是一种无根的清色水莲／无土可资／在几十种姿态的波浪上摇荡／暗自生花，落果无声／三百六十五次美美的循环／自己痛苦地抄袭自己／我在梦边缘，旋涡在我边缘。

咆哮是河流，永恒的静止也是河流／在自己的天空下绝对地低吟／临水而思／于波涛汹涌的孤独中／听青鸟的翅声自苍茫的空山鼓翼而来……

爵士鼓、通通鼓杂乱交响／有个草裙舞者在想象的异国乡村抽筋霹雳／乱发如火飘风。

岁月之水不请自来／迎击抑或逃／都必须选择一种姿势——沉鱼的姿势？翔鸟的姿势？

以手击水的声音是最现实的声音／即使彼岸空洞如风／人类依旧要反复练习泅泳。

缓缓举起杯子／二十四年风雨于杯中肆意纵横／有浓浓的煳味暗自袅袅／舌尖木然静止于风中／我扭头默视来路／逝去的故事，一脸煞白。

第三种情绪如雾袅起／破碎如枯荷之声，我愈陷愈深／你的目光如电，你的眸子流蜜/绸面花伞已几易主人/我挥挥手,挥退一城灯火。

独享这黑色咖啡/捏断那无根的黄色水仙/我临水自恋/石头的梦在雕花的瓶子上圆寂。

二十四匹烈马嗒嗒有声,二十四年前母亲痛楚的血光究竟为谁/我甜蜜的初啼究竟因为谁?

一枚红色的果子垂向水面/海扭身而来,又扭身而去/鸟翅和鱼鳍自由静止于任何一片蔚蓝。

鳍和翅子在我的手之外/海喧嚣于我的体内,低语于我的血液/我辗转于我的周遭/日夜躲闪自己充血的眼睛/在产房与殡房之间/人,一千次切开自己、拼贴自己、穿过自己/最后还得于某一黄昏某片叶子下等待自己。

杯中咖啡色的影子被我愈喝愈淡/沉重的呼吸渐自平静/梦中的星斗伸手可触/在中指与食指之间响亮地旋转。

一块紫色的激光方阵擦过发丛
我甩开咖啡,Y、M、C、A
扭动双胯,O、M、T、K①
一列黑色的火车从另一种空间凌空驶过

一杯咖啡浸透牛皮鼓声
一杯咖啡便击倒
一头夜

1988年3月

---

① Y、M、C、A 和 O、M、T、K 均为流行歌曲中的歌词。

野　树

活着流浪到此已够幸运
根在杂石的土里，枝在变幻的风中

不想树大，也不求花红
只企望有一片温热的土地得以安生

只求春来吐绿，秋归结子
无依无靠就这么活着
欣赏风景或成为风景

1988 年 11 月

围绕着鱼

我没说什么,围绕着鱼
抽着烟,我没说什么

鱼在水中,水在红色的盆里
太阳在窗外,余光在水里

水里的鱼以鳍浮水
空嚼的利齿在回忆水草
双鳃模仿潮汐

潮在海里,海在盆外

我在室内抚摸窗外的太阳
辗转反侧如一盆水中的鱼

围绕着鱼,我没说什么
抽着烟,我绕鱼而过

1989年1月

球·铿锵玫瑰

——赠中国女足

在一群有着熊一样的男人中间
三十岁的女人踢动足球
球在地上,球在女人敏捷的脚尖
球跳跃,球滚动
球以千种方式
千种方式其实只有一种——
敌视黄昏,贴
　　　　近
　　泥

腾跃。回顶。反转。阻击。抽射
三十岁的女人自如轻松
若一尾入水的鱼

球在前方。球在脚下
奔跑撞击之间,无数缠紧
三十岁女人的环状物体
渐自坠落,落地沉沉有声

那声音是女人无羁的笑声
肆意放牧男人们惊愕的眸子
黄昏波动不语

丈夫在关外。孩子在梦里
球腾空。球击地
球有百种英姿。球的重心很稳

逐球而去。三十岁的女人不像女人
却又更像女人
球场芳草萋萋

童年不远,就在球的那壁
球在地上。球在脚前
三十岁的女人与球相逐无语
构成一种至美的谐和
岁月之水相濡以沫
夕阳下的石头骤然成歌

从母亲的母亲的那边遥远地流来
生命是一种很有限的液体
越过那球,三十岁的女人
遥视西山落日孤烟
渴望去水回流
岁月喧响无声蔚蓝
三十岁的女人不想空洞如岸

1996 年 6 月 15 日

十月的杯盅

俯视四野,秋天的肌体已通体如金
晚稻的香气,豆荚的笑声
高粱和玉米的面容
在季节的深处随风漾动
且以潮水的方式湮没了我们

我不得不压低嗓门,用沉重的
矿脉和肺叶,压低嗓门
歌唱,这瓶器一般
殷实的十月,土地和天空

传说十月是一柄华镰
它耗尽春天所有的矿藏和夏日的
火焰。传说十月是一樽杯盅
它满盛着礼炮、欢呼、秋色和歌声

而在这华镰和杯盅的下面
是十月的泥土
泥土的深处是肌体、骨骼
石头的黑暗
和热血四溅的撕拼与献身

旗帜、禾苗、宣言和人民
一路凋谢的篝火和生命啊

箭镞一般直指十月的峰顶

环顾十月,人民才是这金秋无愧的
中心。而十月仅仅是一个月份
是大地之上的杯盅
人们以血以泪,以搏动的心跳
义无反顾地倾注
且饮

面对十月,雁阵横空
我抚摸着一束稻穗成熟的历程
聆听一枚豆荚
自由炸裂的笑声

1996 年 10 月

空 壶

绕壶一周,已不能自持
那壶美得叫人忘形
壶沿十二朵紫花只开不谢

镂雕的龙身
　　　　龇牙摆尾
一滴酒便能诱它肆意翻腾

有人呡酒香且放白鹿于青崖之间
酒香袅袅,自绕空壶盘旋
只有呼吸另一种感官
　　　　方能浑然自醉

那酒是另一种透明液体
在我欲望灼红的唇边

一次
　　一次
　　　　又一次遁形

绕壶两周,舞之蹈之咏之
那铜壶灿灿光泽刺得我满目飞花
已不知身在何处

可是,我只想喝喝酒,酒
——眺望中,十二只眼睛
就那么无声枯萎
落叶环壶蝶舞,最后的礼仪

绕壶三周,双拳捏得嘎嘎作响
二十五年血脉全无醉意

      1998年8月

树杈上下

于风里激动千回、雷中痉挛千回
千回之后还叫
　　　　树

那爬出泥土的根须
仍是系一条狗一头牛
或一个没有杂姓的村落

秃秃的三枝树杈上
端坐着一片暗蓝的天空
瘦月领来夜潮
月旁寒星似动非动

世界就这样组成

并非所有的美丽皆是热的
不信你伸伸手
触触凡·高星夜扭动的蓟叶
条条火焰冷彻骨髓

没有血性的叶子落了又长
不能独自成树的子民逝了又来

世界就是这样组成

树杈上端坐着老庄隐居的天空
树下总会有人
叼着雪茄和祖传的烟斗
一星一星的蓝火焰
在欣赏李白那年月亮……

1998年9月

独立兀崖

蓬蓬然举一颅苍青独立兀崖
面八荒四野,以一种姿态
直逼丛林眼睛

枝枝叶叶皆伸向苍穹
那结满星子的苍穹在何处
所有根须梦幻般爬寻
寻找那亚细亚温热的湿土

海潮在视野之外
野花在梦之外

沉醉于万物麻木的仰慕
心碎于蓝天苍白的偈语
浮在空中难圆一阕无根之梦
一具怪雄
独奏孤傲和死寂

一株松,独立兀崖
满头的思想之针
在星丛和草坪之间
摇来摇去,猎猎有声

1999 年 7 月

接近那块石头

很多时刻，我想静下来
接近那块石头
像一枚果核回忆风雨

一泓猝然断流的止水
一脉尘蒙哑然的弦

认识一个人需要多少日夜
从指尖走进心的内部
需要走多久的路？面对尘世
真得静静地想一想，像一滴水

退出起伏的波流

一粒历经风雨的麦子，回到
泥土温馨的
暗处

1999年8月

静　观

季节和风无数次穿过那房子
那房子洁净且空

好多日子随大鸟飞走了
那墙暗自变蓝泛红
他沉思不动
以一种持久的表情静观那墙
指尖环状烟圈萦绕苍穹

好多日子他想动用原色
在墙上画些鸽子、水滴
抖动火焰叶子的太阳和云

当他默视窗外蓝天
想象秋天撤走时
　　渐行渐沉的声音
他冰冷的血性
　　在寂静的黄昏里
　　　独自温馨

好多灿灿的季节被大鸟驮走了
　　那墙壁依旧空洞如风

在他的视野之外
漫山遍野的石榴又由青转红
最后一颗水滴落地无声

1999 年 9 月

坐在玉米当中

城市幽蓝的火焰和喧嚣沦丧于远方

坐在玉米当中,随季节风动
脱去那层智慧的皮,以一株玉米的方式
深入泥土,粗壮的根须
多汁而坚韧。硕大的叶子
如摊开的手掌,细密的掌纹
默语天空无尽的暗蓝

篝火的翅膀,水歌的翅膀
人类远遁城市巨大阴影的翅膀

坐在玉米当中,四下玉米
草馨气的叶片摩挲我
哗哗的风响似别样的阳光
吐纳我混浊而又沉重的呼吸

我无以遮盖,进出无饰的阳光和风和雨
咀嚼无有又万有的岁月之果
让语言暗自吐芽
渐自葳蕤成丰茂的叶林
随玉米叶子酣然哗响
浆汁的乳腥
红缨须于轻风中自如飘动

(一个概念一方陷阱
一种理论一座囚城
我维艰的双足,茫然无措
不时陷入楚人或汉人的羁绊)

玉米地是我最后的宁静
坐在玉米当中

1999 年 10 月

寄语开往天堂的火车

在巨大的悲痛与失去之后,我常常是出奇地宁静与平静。离开"5·12"这个特定的日子,我或许可以重新整理与寄托梦想,给远去的还未盛开的花蕾。

这开往天堂的火车,从天府
注定会穿过一片鲜花的海洋
就像看到那些汶川孩子的笑脸
我知道他们来自神灵的家乡
一丛尚未盛开的彼岸花蕾

风,弹不开柔韧的时光
弹不开震碎的往事
树林里那些光鲜亮丽的叶子
在风中闪烁着泪水
细雨滋润无形的思念
牵挂枝丫间行走的圣灵

那些微小的花儿小草抱出温暖的一团火
在深夜,催生一个个新的家园
天翻地覆之后,草重新集合
因为爱,因为那些远去的孩子
高举着小小的旗,站立
在渐行渐远的温暖的风里

孩子啊，我知道你们已经走远
花草下陪伴你们的那些坚硬的石头
将会坚韧地记着
不可磨灭的意志，才是我们民族
最硬的那一根肋骨

        2009 年 5 月 22 日

一涌而上的秋水

秋天,静坐在高山之巅
像王,更像收割后破落的田野

一涌而上的秋水,惊呼着
无边的翅膀在月色的阴影下栖居

梦想着青色无边的午夜
我,一人独坐,风声四起

秋水渐凉,秋风萧瑟
秋,静静地在月色下走远
寒秋独立,让我
常常想起与伟人有关的故事

常常说,秋在远方
其实,在我吐出秋字的那一刻
秋,已坠落

2009 年 10 月 20 日

是谁在向着南方歌唱？

一

尘土藏好了道路，是谁收藏了南方
岁月的山河穿越苍穹
是谁点燃南方的蓝色，用风雨
喊醒秦岭飘落的无尽忧伤

写下风雪的人开始梦想火焰
回归秋叶与雪花之间——飞鸟已远
写下温暖的人，谁会被尘世遗忘

谁藏起我被昼夜淹没的梦境
南方的羽毛或者天堂——
蓝雾掩蔽的南方
你是我最后眺望的方向

而尘土拓展了道路，天空辽阔
大地宽广，从我的灵魂上望过去
奥蓝的天空下道路蜿蜒，低处是海

谁又在大雾中战栗和眺望
谁又向着南方一直在唱

二

把火热的风声打开
把这全世界抑或梦境的风声
打开——
苍鹰从高处俯冲大地。我不言说

诗人的词句被雪中的梅花拥有
我不想重复盛唐不朽的传说
我不言说。只有这片天空
容忍着祖先不灭的火焰与欢乐
把喧响的篝火打开
把山寨沉睡的民谣打开

远古的歌谣,像一群多彩的鱼儿
游进岁月的河流里,激浪欢歌
又像一粒沉寂的火种
　　遗忘在光阴里。我不言说
像上个世纪部落馈赠的最初花朵

我无畏地高举着歌的风旗挺进南方
一个人的歌声裸露在山冈
我骄傲的声带渐宽,我歌唱
像一束束暴雨中弯曲明艳的闪电
　　照耀寂寞潮湿的南方

把花香与风声打开,我是花的影子
我目睹着歌谣
祖先一般荣耀归来

三

在这样寂静的夜晚有谁在忧伤歌唱
我心向春天的绿荫啊
世界从严冬的怀抱里醒来
春花抱在胸前，像一束安睡的火焰

我不知道自己的灵魂
为何一直要从北方奔向南方
快步穿过平原与山麓
不要惊醒那朵山谷熟睡的丁香

休眠与梦幻，悬崖的石头和飞翔的羽毛
是不是，就这样成就歌的核心
就这样歌唱着，南方的三角梅
杧果的异味以及岩石下的暗河……

行走在峡谷与民歌的狂风里
在这样空寂的夜晚
面对南方，我不得不侧耳倾听
又有谁在空无一人的星空下低声歌唱

2010 年 9 月 8 日

芦花的温情

如果岁月也会老去，我一定
选择江滩的芦苇作为象征
秋尽冬来，那一面面高举的
信旗，指向同一个方位
在凛冽的风中

让我敬畏的，还有它们
简洁而又宁静的内心
始终如一，坚守着
盛不下世间的一丝尘埃
头顶，一朵朵自持的白云

让每一片芦花的飞扬，都悄无声息
这样多好，花到秋老时
偶然间，天地一片银白
来年，或许大雪封门

那将是另一场纯净。每一朵春雪
都将怀想紫堇盛开过的山岭
芦苇，曾在江堤上丛生
而此刻，却无比沉静
怀揣着一朵朵飞翔的梦
立于风中，似动非动

在一片雪意来袭之前
芦苇,迎着向晚的风
寂静地吐露积聚一生的洁净
飞雪白头,独立的忠贞
在空中自豪地飘动

每一丝芦花终会飘入初冬
明年,也定会有更年轻的
芦秆,如列兵,从春天齐刷刷地返回
重温这人世间独有的温情

        2018 年 1 月 31 日

雪意九段:雪落在雪白之上

一

雪,落在雪白之上
一朵盖上另一朵
没有一片雪花是多余的
裸体的冬天
需要覆盖与温暖

雪,落下来
落在雪的洁白之上的雪
尘埃之下,依然白得泛蓝

许多不堪的时光
需要掩埋
一寸也不肯重现

二

雪,在风中飘落
落在路上的雪被车轮碾碎
只有飘入草丛的雪
才会呈现雪晶莹的姿态

杂乱的树枝穿过雪层
一朵红梅伸了出来

类似于白纸呈现红字
有类似国画的自然

三

有人从雪地走过
留下足印,一路向前
那个孤独的家伙
直行后,突然左拐而去

雪,落了下来,一会儿
一切全都复原

雪,是寒冷的
却可弥合一切

四

落在墙头的雪,是栖息
落在湖中的雪,是沉浸
落在煤堆的雪,是洗白
落在白发上的雪
是一种命运的交接

五

雪,落在树枝上
是一种境界,落在大街上
成了一片肮脏的泥泞
雪被打扫,铲除,运走

孩子们用心把雪堆成雪人
雪水之上的雪人,顿时
被白雪背叛

其实,就在昨夜
雪,依旧是那么洁白

六

雪,总会等来红梅
雪生暗香
寒气也透馨香

有个姑娘把旷野的雪
装进圆形瓷坛
埋进土里,静候来年
煮茶待客,迎候那
远方归来踏雪寻梅的少年

雪水是古旧的
茶,却是崭新的
有人喝着,只品出
茶的滋味,已无人会记得
那一坛满盛雪意的清冽

七

雪,落入皇宫
也会落在邻家屋顶
青瓦上的雪

总比琉璃瓦上来得真切

站在乡野的雪意里
你总能听到鸡鸣犬吠
声声都很清脆
如初落的雪花一样清新

八

雪,落进水里
只呈现无声
无法掩盖的是湖水
仿佛从来没下过
湖水把一场大雪掩盖

雪,下了一场又一场
掩盖,变成了圣洁的掩埋

九

每一片雪花
都是美丽的、无辜的
至于雪崩
那与洁白的雪花无关
只因大地无力承载
这无垠而又厚重的爱

2018年3月11日

短诗四章

芦苇未尽

起风了,你爱了吗? 芦苇莫言
野茫茫的一片
顺着风,望过去
背后是一大片彩色的秋野

在这遥远的地方,不需要
思想和语言。沼泽之上
最有力的,只有芦苇
与风。白茫茫的芦花浩浩荡荡
就这样,一直开到天边

野茫茫的一片
像极了我们的爱,野生的,订阔的
从春风的绿,一直
到秋夜的白

落满花瓣的春天

时间,在我热爱的事物上
停留
花枝抖动了一下
第一片花瓣就落了下来

我的幸福渗出水和馨香
有多少存聚的光阴
流浪到现在
现在正慢慢流失、回味
如日新月异的花序

这些树
一天比一天高
花,一瓣一瓣地
落,这就是春天

我已挥霍不动你的收成了
春天
让我在一树繁花里
握紧你的孤独

春花不会真的消亡
她会在果实中存续甜蜜
直抵你的舌尖

蝴蝶的时间

喜欢在花朵上行走
艳遇无数
一见人,你就飞走

还是被他们用甘蔗汁诱住
在甜品上

像人一样跳舞
飞翔,在缠绵的爱情里

在花蕊上
死去,又
活来。甜蜜的一生

河流

河流的尽头
是纵身而下的
瀑布,巨大的轰鸣
自天空倾泻而下
没有什么可以阻隔

水花四溅。粉身碎骨之后
依然是冲出山谷
奔涌向前的
河流

没有什么可以让他
停留,除却
远方的宁静与歌

2018 年 5 月 17 日

立夏，在龙山口遇见一场雨

一

我相信，人生所有的遇见
都是恰好的。比如
在季节的转角遇见立夏
在青春的入口遇见清纯的你
在青山绿水处遇见龙山口
在麦穗渴望的娇喘里遇见一场夏雨

我想，龙山口
就该是这样的。三千年来
山村的寂寞，早已长进
每一处峰峦，每一弯垭口
每一道水纹，每一条石巷
她需要用一场雨
掩饰所有心跳。像往常一样
用不动声色，婉拒
入侵者对龙山口的盘踞

只是，她不知道
今天来的，是一群结草衔环的
诗者。与她一样
用忧伤和痛苦朝拜灵魂的人

二

被一场雨滞留街角的人
是幸福的。春夏之交的明媚
打开山的青,又以丝雨做帘
将青的深度半遮半掩

这朦胧的"深",挑逗着诗人
探寻未知的诗情。这朦胧的"半"
刚好吻合了诗人对地表以下的部分
那些长过三千年的想象

矢车菊开了。在雨里吟唱
像极了诗人交出的灵魂

三

在龙山口,最古老的
是时间,最多余的
也是时间。一切都慢下来
山,一寸寸地高
树,一轮轮地长
石头,一岁岁地沉默
生命,一个个归来去隐

四

我习惯用动词描述一个陌生的地方
于是,来龙山口之前
我的动词,丰盈而多彩

当年古战场的热闹,在古皖长城以南
风起云涌。而以北的龙山口
云朵依旧向草木示好,野兔依旧与家狗
交友,稼穑的男女借一簇花枝云雨

龙山口布下的秘境
不宜宣扬。就像现在
我所有的动词
异常丰富
却羞于出口

五

关于"五百次回眸"与"擦肩而过"
字表的盎然诗意,让我忽略了字后的
可遇而不可求。因为在龙山口
缘分从来不缺,也绝不冗余
一座山的手臂
多少刚好,掀起一湾水的衣襟

这座古山寨,从古皖国或者更久
一路生生不息,最轻易的就是爱情
一条古朴的门缝泄露的传奇:《孔雀东南飞》
超越《诗经·邶风》,将龙山口的幸福
从时光深处唤醒

立夏。微雨。龙山口
一树青杏,正饱满地走在甜蜜的路上

2018年6月29日

草木间

明日秋分。季节昼夜平衡
今日下午,白云很白,山野宁静
小时候走过的山路
已完全被荒草占领,让自己
有截时光独自与自然相处
还有什么比一个人
行走在草木间
更自在,更充盈

在草木间行走,你会看到
满坡的枫树正举着火把
从这个山头烧到那个山头

我慢慢地走,绵延奔涌的秋色
一再冲破内心的界限
向天际涌动,你的心
会一下子收紧:明日又秋分

再长的生命也终会回家
深秋已经来临
一场大雪就在身后
望着林间簌簌的落叶
我突然有些惊醒:

这时光的碎片呵,每一片
都藏着怎样的经卷
诉说一次成熟
就伴着一次凋零

2018 年 9 月 22 日

是水，却又不尽是水

就算那两岸的岩与峰，站成千难万难
千百年，仍然无法阻挡
一条河，要借瀑布的躯体涅槃——
水，碎成更小的水滴
无色之水砸出喧嚣无尽的奢华

是水，却又不尽是水
水的倾诉、沫的呼喊、浪的咆哮
瀑布的绝望悲鸣……纠缠在一起
已无法分辨，水，究竟是谁

我们坚守水的本质
并为此穿山过涧，直至九叠跌尽
世界，在旋涡中平复

岩石有石的执念
水有水的期许
诉不尽的山河情仇，终将在下游
聚首，沉入无边的暗蓝

在人世，我们爱过的，总归是爱
无论深浅，不否决。而思念
是另一段旅程的开始
且无法预期

2021 年 3 月 18 日

我敬畏这个寒冬的冷

尖锐的不仅是风,还有这凛冽的冷
这冷,赤裸,锋利,如明晃晃的尖冰
刺穿了这逆冬的宁静

我用一堆废纸饲养火苗
炉膛的火苗挥舞着,升腾
抵御这一望无际白茫茫的严冬

燃烧着的废纸在光焰上飞舞
那些在时光里闪烁的词句
简洁优雅,诗意而生动
在火焰上散发着温暖的光
让这逆冬的冷越发寒冷

于是,我坐下来
在零下9摄氏度的屋子里来回走动
静静地欣赏窗外白雪的国
银白的寂静,雪制的幸福和梦

于是那些紫色童年,蓝草莓点缀的
不可企及的少年的憧憬
一起在天空下像雪花般翻涌
瞬息,人间温暖而宁静

那寒冬的冷,让一切近乎诗的事物

逐渐清晰、沉淀、温馨

这杀死一切病菌的冷

让过去的走远,让旧事湮灭于雪中

一个新生的世界安然降临

晶莹、透亮,一切回归原初的梦

窗外,一朵朵雪花穿过梅花飘下来

我所在的冬春在生成

只要我不动,这冷的世界

在寒冷中筑基纯粹无瑕的梦

我敬畏这个寒冬的冷。雨水之后

异乎寻常的冷,让我感受到

未来世界不一样的体温

除却冷之外,这人世披上了

一层格外厚重的雪及温情

2021 年 2 月 19 日

大地之上（组诗）

一条渴望拥有姓名的河

我喜欢拜访那些陌生的河流，每一条
都来历不明，也都有莫名的归途
和我一样，没有人知道我来自何处
又向何方游走。即使
被一块巨石撞得粉身碎骨
我也会装作满不在乎

这世上，没有什么
比河的意志更坚定持久，纵使千转百折
也要找到自己的出口

在冲撞中破碎，在破碎中团圆
当我在水面的浪花中看清自己
一张脸被水流快速抹去
时光与风，不停地雕刻着我

当我抬起头来
我希望有人透过浪花认出我
并给我一个温暖的名字
让我有名有姓、大模大样地
从人世间淌过

草

就叫我们草吧,多少代了
我们是全天下最茂盛的植物
迎着春雨,我们顶破泥土
雪地里,远看绿色,近却无

当风揪着衣领,我们仍是习惯
不停地摆摆手。当牛羊从草上踏过
我们仍是无奈屈服

我们没有自己姓名
随便罗织一个名义,就可以在秋天
把我们统统收割。其实
我们的心长得很低,不信
你仔细看,在明春的旷野上、石墙下
我们的心,紧紧攥着泥土

只要心不死,就不会葬身于一朵野火
除非有魔鬼将人世间所有的泥土
全部铲除

2021 年 3 月 5 日

雨滴

在落地之前,每一颗雨滴都有一番
挣扎与不舍。电闪雷鸣之后
从诗一样的云中跌落

泪一样的形状，快得无法弄清

雨，为何奔赴？雨追着雨，茫然无措
天地间，一片尘起，一片惊呼
面对突然造访的跌落
多想成为草尖上的两颗雨珠

对，就像雨珠一样，在花朵上
幸福地依偎，也像花朵一样
一脸的笑意与满足

大海的尽头

梦有多远，海的尽头就有多远
当我写好这首诗
太阳正好滑过我的头顶

我们的每一天都在奔向海
如同不可逆转的死亡
宁静的灰烬是幸福的
如那秋后草原宽阔而纯粹的梦境

我们瞬息的欢快与战栗，如同闪电
短暂而明艳，那不朽的是无尽的蔚蓝
犹如大海无际的尽头
人们永远追赶，却始终无法抵达
那尚有余温的幸福灰烬

2021 年 6 月 5 日

我在深火中打铁

在又深又冷的冻土层
那些煤,睡过多少黑夜
是怎样顽固的压抑与悔恨
成就一团永夜的漆黑
一座从不会低头的森林,在人世喧嚣
和煤尖的朝露里清醒

即使身在昆仑山中
被颠覆的,是压了几个世纪的噩梦
这些煤,也不在乎人世的冷眼
越睡越黑,越睡越沉

当我看见那些黝黑的煤
从亿万年的挤压与嬗变中
闪着油亮的黑,醒来
我听见了,森林无边的欲望
从地底喷薄,汹涌

那些黑的煤,见不得光
见光,便成为一团灼红的火焰

我终于明白了
为什么有些人对黑夜恨之入骨
而我却视沉睡的煤为兄弟

一经点燃,便可温暖我
敌视我的夜,被烧成一地灰烬

而我的后半生
将在死去的森林里穿梭
将在破开的黑暗中取火
将在欣喜的绝望中,一锹一锤地
挖煤……打铁

你看,你定会喜欢这样的情境
灰烬羞涩,火星四溅

2021 年 10 月 7 日

杧果之味

一枚金黄的果子,经过你我的双手
无声的南方,处子的内心正历经
爱情。在黑夜,谁能剥开她金黄的衣裳
谁就会被滋养她的精血
　　　　　烫伤手和眸子
纯粹的金黄火焰
必将映亮我们饥渴的嘴唇

今夜无风

今夜无风,也无皓月临江
今夜在梅雨之外
在我掌中
款款亮出右掌于你的呼吸
　　　　　　　你的梦
风空月落
喧嚣无名的水声

水声辽阔柔软,以你为源
　　　　　　　以你为岸
你含笑而立,无语击水泅夜

水声透明,如踢踏于大唐那边的
马蹄,马蹄渐踏渐烈
我渴水的手指击木成风

你的目光如水。掠发的手语如水
相拥的双臂是两条渐自温暖的
小溪。无数个日子浮水而来
我举首为岛,沉落
为一尾无鳍而泳的鱼

(鱼戏水之南,鱼戏水之东
鱼戏水之北,鱼戏水之西)

今夜，是你我眺望很久的林子
是季节之外的那一方草坪

1984年5月

一盅老酒

纵使有一千三百四十里
也敌不过这一盅老酒
一盅老酒
便能让你我相握

一盅老酒,使李白一生醉得酡红
酡红的一生波起浪涌
几千朵浪花,朵朵开得都挺漂亮
他那下巴几根漂亮的胡须
人人皆爱捋他几下
从此,在每一港口
都能撞到李白醉醉的影子

一盅老酒,澄明的
整个儿掉进去,一回头便能撞见
埃里蒂斯疯狂的石榴树
累累的果实激动潮湿的南欧

你的目光之外,一千三百四十里之外
我无须再摩挲你乌油油的散发
便有一种濡湿温馨的感觉
握满我丰厚的手掌

有隆隆的潮声,开始拍击两岸

你闭上眼睛,摸摸心跳

左边的藤椅便不会空着……

1986 年 5 月

依墙而立

依墙而立
与某一事物对峙
摆一副拼搏的架势
晃动双拳
你十足的信心有墙撑着

墙,就在你的身后
墙永不退缩
当你勇士一样准备出征
转身向墙
墙会温情地向你凝视

墙是一方站立的泥土
墙的力量无敌

当你像狗一样被揍得流血
反身向墙
疯狂地出击你的左拳和右拳
墙的心怀宽厚
一如你母亲温暖的胸膛

墙腰身挺直
当你心碎,伏身向墙
墙会吮尽你心头的苦水与泪水

依墙而立
与某一事物对峙
以手抚胸,以舌吮血
当你流尽最后一滴血液
墙,绝不会轰然倒地

墙是一方站立的土地
母爱的力量无敌

1986年8月

十五之夜

自你走后,自你把许诺种进月亮
种进空寂的十五之夜
我每月便注定有几次按捺不住的潮汐
十指颤抖着,伸出去,没有所携
一把抓起的皆是月色
皆是你记忆中冷却的笑容

片片血潮饥饿地呐喊
月中山谷不生长甜柔的声音

骑车跑遍古城
每一条小巷皆泛滥着月色
双手捂着眼睛躲开圆月
却听到千里之外
你胸头静静汹涌的琥珀色水声

一千种欲望于水声中淡化
一千种幻想
于十五之夜噼噼啪啪开花
有一种甜润的东西自心底渐渐
     溢满喉结

十五之夜,在唇
灼热酥软,如你

真害怕有这日子,真感谢有这日子
教我懂得孤独,懂得
　　　孤独地等待

等待十五之夜再度升起
那时升起的,已不再是冷月
即便有冷月

　　　　　　　　1987 年 8 月

月色如水

> 两个人像一个人似的活着
> 有一种情绪无翅也可飞翔
> ——T.S.艾略特

一弯冷月自肩头软软滑过
我看见你于千里之外湖畔散步
丝丝柔草温柔地绿着
两尾鱼儿喋喋的呢喃激动黄昏
一摆一摆的红尾儿
把你整个夜晚搅得波起浪涌

有一种滢滢的液体溢满眼眶
月光玻璃遍地扎眼

恨恨地捏捏指头，一下一下
掰数那些冷冷的日子
有一种隆隆的潮声
一直系于你头顶
你不时猝然回身
瞧瞧身后飒飒风声究竟是谁

长长弱水自身边独语月色
足音叩破旷野的寂寥
你渴望的蜜语于千里之外密密疯长

伸伸手便可摸着

看着你于千里之外的湖畔散步
月色如水，你冷吗
其实，你伸一伸手臂
四面八方都有我温馨的胸膛

1987年12月

再度龙年

童年的友人向我走来
她微笑如初,金黄的服饰如初
响动的甲胄和腾跃之姿如初
一股土气和草腥味扑鼻而来
嫩芽一般新鲜

童年的友人我只见过两回
两回便成为终生朋友
童年的友人向我走来
有神的大眼睛欢悦地转动
背景是半片蓝天空

蓝背景愈走愈纯,愈走愈蓝
双眼醉酒一般晕眩

1988 年 11 月 27 日

离　别

离别不过是把一台桌子上的两只杯子
偶然调换一下位置
而鲜红的苦涩总是有仰起的脖子

这样不难理解
当你走到生命的尽头
有人把两只杯子重新换过

1989 年 3 月

我以叶子的方式仰望你

最初的和最后的
在多水的南方你每天被女儿包围
每月有花季
每年重温暖流和梅雨
而我两手空空，面对你
抛弃自己的一切
两手空空
我又拿什么奉献和哭泣

你是一枚多汁饱满的果子
我以叶子的方式仰望你
夏季充满火焰与雨
春天一闪而过
而我却两手空空

最初的和最后的花朵
最初的和最后的诱惑
我以叶子的方式仰望你

世界为一切存在
我只为你和你的叶丛里
那枚摇曳不定的果子

1991年11月27日

日常生活

我们默数着日子
一分一分的硬币
积攒起来
是我们之间的距离
还是沉思默想的收成

一些平常的日子
在我们桌子上像尘埃,落下
又扬起,我们猜疑、思念或记恨
在一个个平常的早晨和晚上
思想着我们关注的
生命的那一部分

想念纯洁,崇尚自然
幻想百步之外,有我们梦想的
那一片永不褪色的草坪
这永远是我们平淡生活的
　　　　盐粒和幻梦

熏风轻轻
一杯晚茶细品

我们善良、朴实,慢数人生
一杯平常的日子

被阳光照耀
被花香和露水渗透
一杯晚茶感动我们

相疑或相思,相恨或相爱
皆是日常生活的黄金

1992 年 3 月 3 日

杧 果

一枚金黄的果子,经过你我的双手
无声的南方,处子的内心正历经
爱情。在黑夜,谁能剥开她金黄的衣裳
谁就会被滋养她的精血
　　　　烫伤手和眸子
纯粹的金黄火焰
必将映亮我们饥渴的嘴唇

然后,被你我的甜润的呼吸
和细语湮没

平静地等待,在杧果金黄的异香里
我们纯洁如神,崇高如一代
远古的王

我们目睹一枚水果
嵌入不朽,与你我构成一段神圣的岁月
幽深无底的岁月
将充盈你我的梦幻和杧果的异香

惊喜和虔诚退回到舌尖
只那么一瞬,完美的果实
被一点点撕破,一如
从夜的头顶俯冲而下的
黎明之光

　　　　　　　　　　1992 年 4 月

设想时光是一条隧道

当你老时,坐在垂暮的椅子上
看夕阳穿过西墙的草丛
看一个沉静时分的降临
你挥舞岁月的双手垂下,你的双眼
露出梦幻和怀念的亮光

设想时光是一条隧道,你走回
过去,踏过我们的脚印
让一场梦幻劫持你,让灿烂的
春天纠结迷失。设想时光是一条
河流,骑手和他的马
泅渡且铭记:一次温馨的出走

而什么才能得以永恒

你在桌子上摊开我的赠诗,一生的
独语和对白,聆听诗歌的音节
在时间的簧片上敲打的回音
当奇异的大鸟在你的头顶栖息
像一条鱼,在水的灵魂里
飞翔和坠落,你不明白
错误的究竟是我们,还是岁月

而怎样才能得以永恒

当你老时,站在命运的另一过道里
背对遥远的曙光,低声说话
我这些诗歌的词语,定会
像一枚枚熟透的果子,应声而下
落满你温暖的双掌

从这双手上,你看到了
我们繁盛的岁月,神圣的光
闪耀你黄昏的水面
你完满地蹒跚来回
和我一样,低头
　　含笑不语

　　　　　　　　1992 年 6 月 15 日

雨夜独语

又是一个听雨的夜晚
我静坐在窗前
想我与雨水凝视的深度
我们是否过于亲近

水的本质,一样的柔弱或有力
你只是另一种女人
从天上坠向地面,三十个春天
你纤细的模样,说不尽的美丽与哀怨

当我独自静坐,面对你
常常心若止水,你纯净的声音
　　　　　　不安的声音
便如多年前南方那场春雨
夹带着野草和尘埃的气味
穿过万水千山,直逼我尘蒙的
耳鼓,以及桌子上寂静的烛焰

也许我更愿是你,洒脱自如
阴郁时分,如雨落下
幸福之时,如云腾起

三十年来,一场又一场的雨
滋润你,充盈你

使你日益成熟和憔悴

雨夜独眠
倾听你密密如诉的步子
一如倾听我自己
由远,至近

1994 年 11 月 27 日

独品中秋

圆圆的月悬于夜天
甜甜的饼摆在盘里
有一种情绪如烟
袅袅又袅袅
十五之夜潮动月色
破碎的是情人的节

倚窗西望或什么也不做
忘掉这中秋
却忘不掉如期而至的思念

窗帘之穗摆动于风中
那人的影子在眼前
晃来又晃去,十五之夜在枕边
暗自生花,自三更
直至五更

其实,怪不得这好好月色
怪不得远方那人
睁开眼睛笑了笑
窗前的海,一起
一落

1992 年 8 月 15 日

忙　音

室内四壁很白
中指上旋动的电话线很白
你的脸很白
而窗外灯火灿如橘林
你躁动如风

盯死那颗星斗,然后
蓦然回身
固执地将食指再次探进静夜——
窗外的房子一间一间地鸣响

你渴望饮吮那些甜润的声音
　　　　　　柔软熟悉的声音
但只要一张口,你拨通的电话
又"嘟嘟"一片

在冰点与沸点之间,你如火蛇起伏不定
丛生涩涩的滋味,腥甜的火
远山的桃林艳红地一闪而过
你独自苦笑无声,看来在今夜
满城知音皆与你绝缘

一行路灯,洞穿雨夜孤寂
你如鹤独步细雨
远方,有人撑伞而立
含笑点头频频,向
　　　　　你

1992 年 11 月 27 日

这是你的手

以这种方式开始
这是你的手,这是你的眼睛
这是一尾鱼,蓝粼粼的而又光滑
你温顺地贴近我的手掌
却漫不经心地,穿过我的心

你以这样的方式开始
窗外是雨,是冬天。更远处
是一大片落尽叶子的树
背后是整个世界

你以这样的方式开始是对的
让红色燃烧,绿色滋长
面对整个世界
我们只要两片叶子
便能够抵挡整个寒冬

我曾经写过很多的诗
其实,你的手掌最让我心动
手,这东西在眼前的风中飘动

像一小朵云拭过湖的天空
你以手相抵。你以手温存
在一张实木桌对面,手

成了你整个面容

这是你的手，这是我的手
这中间是世界
你的手是块温暖的石头
世界，从石头开始
在我掌心，石头渐自温馨而湿润

1994 年 4 月

寄 语

寄语于一张纸
寄语于纸的洁白柔情
与内蕴的刚性火焰
我的寄语是火焰的寄语
风的寄语与
水的寄语

除了这些纸,我还有什么
可傲的资产?这是
我呼吸的肌肤、肺叶
与熨平的五官
展开在火焰的光芒里
我用它静静地感受着
你的呼吸和梦里的星光
与透明的鸽语

寄语于纸的呼吸,纸的体温
　　　　　　纸的心律
纸的骨髓,纸的情意,纸的精血
纸里的梦幻无边无际
纸,是我飘飘行走的
另一具肉体,我借助它
沙沙行走于季节的草原
　　　　　诗的边缘

踏亮一路蓝火,蓝火里
迸溅出我无言的祈语

纸,不断地从我的肉体里
　　一页一页
　　　　　又一页地长出
慢慢地代替我,在你
　　　　身边的存在
洁白如一片梦幻中的原野

原野上的雪
雪中蒸腾的光
光焰里慢慢展开的燃烧的马
布置成你一生灿烂的背景

1994年5月3日

背对偌大的城市

我,一个蹲伏的男人
在无言的天空下寂然无声
背对城市偌大的苍凉和风
静静地用食指,穿透秋声
抚触大野之上
那最后一片绿草叶子

叶子在泥土之上,叶子
在渐行渐深的秋天的风里
在此刻与彼刻之间,叶子
以叶子的方式静立不语
——碧绿的叶脉锁着谁的童年
锋利的叶唇又是谁的哑语

缘根而上,千年之外的水
在叶子里波动,溺杀万物的岁月
在一片鲜嫩的叶子上安详地静栖

抚摸最后一片叶子,如同
抚摸花朵敏感且幽密的门
一世界少女灼热的嘴唇
在隐匿的快意中缓缓蠕动
初萌大水之上一万片新月
响彻我寂静哑然的食指

在一片叶子之上
世界如蝶蹁跹不止

通过最后一片叶子
在一片熠熠鳞动的逝水的余光里
泥土将我寂静地陷落
浑然不觉之中,一片叶子
刈倒四季

在偌大城市的梦的边缘
有鸟未栖

1995 年 3 月

执手抵达

11月27日,每年最温馨的一天
有人离去,有人抵达
在我梦的金色秋季

春色抵达花蕊
秋意抵达果实和雪线
脚步抵达辽阔的道路
河流抵达海的温暖腹部
以一生之巨,我义无反顾地
抵达你

执手一生,静默相抚
不能倾城,却可倾心
与春树挺拔向上
与四季花语呢喃同行

让梦归天空
让黄金归尘土
让我们归平实,一如阳台上的
植物,迎风摇曳私语

执手一生,倾情抵达
像枝叶相依
像根土难离

2006年11月27日

爱情在上

一

七岁的时候,我爬上墙头
仅仅为摘一只邻居家的苹果
苹果没有摘到
却掉进了树下的水坑里

二

十三岁时才知道,苹果砸在了牛顿的头上
牛顿说,这是万有引力定律
苹果在上,地球在下
苹果,不只是苹果
它有一种向心的力

三

十九岁时,苹果如果砸在我的头上
我会想,它,或者是成熟了,瓜熟蒂落
或者是腐烂了,自由落体
第三种可能,那日狂风骤雨
我正好站在树下避雨

四

可能发生的——
如果是一个腐烂的苹果
我会毫不犹豫地把它扔掉
如果烂掉一半,我会小心翼翼地咬上一口
其实,我知道它早已变味

五

还有一种可能
那是一个漆黑的狂风骤雨之夜
苹果突然砸在我的头上
吓了我一跳。我如惊弓之鸟
狂奔而去——之后,我总是在想
是什么东西砸中了我呢

六

爱情在上,最后一种可能
或许就是我今生最渴望的
得不到的,总会伫立在远方

七

这是自由方块的诗,他是我朋友
多少年来我以为他死了,其实他还活着
活得比狗还快乐,他就在我前面
一路写着诗,他,就在我的前面

2006 年 7 月 25 日

爱与九节灿烂的夜色

这是最后一夜,你想着什么
想象与一个陌生的人相爱
狠狠地爱
然后,一生沉想

——默里

第一夜:当明月沉下的时分,天涯不共

街,像一小片被湮没的海
空气里光线折射的色度近乎妩媚
一只绿孔雀来回踱步
火树林立,烟雾升腾
游目四顾,什么都看不见
只是闻得草原上永不停止的马蹄

把那些断章的词句堆砌在一朵白云里:
有一种海上生明月的心情

此时,却天涯不共

第二夜:夜,是什么颜色

夜是什么颜色
我乞求空气飘进我的

阳台和干燥的肌肤

无际的激情再度君临
诗产生,天空一片蔚蓝

所有的善意都在三月的夜晚生长
四月,真是一个最残忍的月份吗

我看到你虔诚的手上握着三叶草
伤口鲜花般绽开
最后的深深创痛
灿烂地湮灭

夏,已走得很远

第三夜:月下的呼喊

守候的黎明,在晨光中消隐
彼此听不到心跳与呼吸
月下的呼喊似飘零的落花片片
手指是心跳,二十年前的月色
一朵花的绽放
在四月最后一个周四的夜晚

有黑色从天幕里落下来
忧郁的色泽点点沉积着
你就这样坐着,听
春风细数过去残缺的好日子
哗啦啦喧响

一节,一节,又一节

第四夜:满地月色

无法原谅汨汨流淌的月光
为了你的期许
整夜都朝向你的窗口
与遍地狗尾草一道疯长
悄无声息的月光
从我的胸口到你的窗口

拥抱你,抵住一棵树
黑夜相拥的温暖呼吸
无止又无休

第五夜:11月27日午夜

11月27日午夜
作为天各一方孤独的一员
你我在夜色的树林里渴望相遇

你却只梦见雪,并且
在所有的赤裸的树叶里
在某个夜晚的一阵风之后
你我在荷花中坠落

谁知道它经历了一个长夜的梦想
在可以选择的无辜的黎明里面
草地高山湖边,相依不舍

却在另外一天悄然离去

你梦见,树叶从鸟翼上
坠地,无声无息又心疼不已
就消失在遥遥无期的第五夜

一棵赤裸的树
思念另一棵走失的树

第六夜:谁的感伤,谁的战栗

身体不是你的,也不是我的
它长出一只仙人掌
夜晚空悬,我要反转
完成从一滴水到一朵鲜花的壮丽

一个破碎的词语
现在我就说出来
在第六个夜晚
我要让它,脱口而出

在凉水中虚脱
在烟花中怒放

第七夜:诗歌飘香的夜晚

用玫瑰装饰房间
用词语灌溉枕头
让新鲜的诗歌包抄黑夜

让崩溃的微尘充满房间

手指从键盘中逃离
灵感躲在白色花瓣间
麦芒的刺疼
持续颤抖,窥视这撕裂的瞬间

这是个美好的夜晚
空气中弥漫着诗歌的味道
滴水穿石,芬芳四溢

第八夜:夜色妖魅

避开深蓝深蓝的窗帘
独自与窗外的落花对视

又一朵温暖的昙花不见了
我在黑皮书的插图里
闻到烟草的味道

抚摸这独一无二的夜色
你面色鬼魅
悄然无声

你是我的谁,我又是你的谁与谁

第九夜:对岸的花朵

你是盛开在对岸的花朵

街灯燃亮所有的枝头

　　如果我用文字泗渡
　　那些数不清的季节和眼泪
　　你我出走的影子和共度的夜晚
　　期盼的指尖和温馨的唇印
　　将在第十二夜完美邂逅

　　轻响的琴键,占有第九夜
　　吻痕不在,风声四起

2007 年 1 月 15 日

我选择了右侧安居你

我选择了右侧安居你
我给你一半的心室,一半的骨肉
从此,我的心便有两扇门
随你常年,出出入入

你将我所缺乏的安置进来
一束昙花,一些节制的温情
这些已令我感动,青岚缘体而升
我很知足

我欣慰自己的繁荣
因你而成为一段美丽的华年
你无风而动的手指
抚过我寂静的发丛
时常牵动我深处的伤口

在你温情的凝视里
我成为一株迎风而燃的枞林
雨中的灰烬,灰烬中绝无仅有的深情
在你无形的掌心里。我沉静
一如千古童话中的稚童圣婴

但是我必须远离你,如同
有时我要远离我自己
当你我隔水而望,我猝然听到
门铃正在无望地空响

2007 年 11 月 27 日

我无力拯救的七片雪

  连续两日大雪纷飞,在我这江南的城市实不多见,喜欢而忧心……曾面对这幅拍摄于西藏南迦巴瓦峰闪烁着金红之光的雪,回望我们肮脏而又繁华的街市,我写下这首诗。

一

  我无力阻止,一场雪
  晶莹纷纷而下
  这肮脏而又繁华的街市

  飘飞的雪,在阳光中闪烁
  在那触地的一瞬啊
  雪的银白与荣耀
  分崩离析

  踏雪的心碎
  碎成一地泥泞与泪水

二

  一场纷纷扬扬的雪
  在孩子们期待的笑声中
  欢欢喜喜降临

  我无力阻止,只能祈求
  雪,飘远些,再远些

抓紧风的翅膀
直抵赤裸的旷野与山林

我们无力承受一场圣洁的葬礼

三

我的爱人是一只丰满的瓷器
盛开在唐朝的花中
至今没有凋谢

我无力呼喊
这盛唐一般丰满的花瓣
雪峰一样遥远

四

一朵云母,一次深海艳遇
一瓣雪,一场童年憧憬
一片落叶,一个飘零的死亡季节

都市空中的雪花
我无力面对

五

无法言明的是自己
坐在天空下
我说:爱,就如这雪
纷纷扬扬,无边无际

可有人早已坐在临雪的崖头自言自语:

我走到了人类的尽头
才嗅到人的气味

六

无法抓住啊
一生中,我只能
右手抓牢左手
永不背弃
可是,这无根的雪瓣

七

在雨声中打盹
在雪意中相爱

我无力拯救和呵护的疼痛

雪与泪、生与死
雪光中我饱含热泪
也无法分辨——谁是谁的来世
谁又是谁的前身

我无法握住这脆弱的晶莹

我们总爱说:我的玉,我的爱人
其实,我的骨骼,一降生,大地就已摊开手掌
静默中等待
如同晶莹的肉体,散成雪片一地

2008 年 1 月 15 日

整个冬天,我在山上等待

整个冬天,我在山上等待
山上的雪孤傲、纯洁
无须凭窗眺望
你,可以来,或者不来

雪野茫茫,风,宁静无语
雪光中轻烟袅袅
一种柔情使雪野异常美丽
我在等待,用尽整个冬天

我读书、散步,独自冥想
古朴的故事使我心生向往
感动不已
你,可以来,或者不来

命运犹如沧海桑田
何必一定要开花结果
整个冬天,我在山上等待
雪花纷落,我一天天计算好日子
设想种种奇迹,也并不当真

阳光下的雪,美得耀眼

你,可以来,或者不来

这也许值得,也许不值得
也许仅是一种生活的形式
整个冬天,我在山上等待
你,可以来,或者不来

2011 年 1 月 6 日

整个三月,我只想写好这首诗

整个三月,我都在构思一首诗
楚辞汉赋,唐诗宋词,春水如烟
眼前拂动的全是含翠的辞句
站在春风的入口
我该准备些什么样的语句
不露痕迹地说出
一朵大地早春花开的秘密

蜂拥的草芽突破泥土
绿油油的,簇拥到我的面前
还有缤纷的桃花、李花与杏花
这些艳丽的词句让我沉迷
我该如何用简洁的修辞
与春风一起来抒写三月的颂诗

太多的绿意还在风中酝酿,可是
枝杈上已挤满了花的心事
这本该属于桃花的花期,却被
一些坚硬的刺痛与荒凉占据

我以绿色调的节奏咏哦,草
逐水而生,在大地上漫走
三月明快,风渐和煦
花间流淌起一首诗的韵律

整个三月，我以全部的心事
就为孕育这一首诗
全新的花朵和晶莹的露滴
怀拥着季节芬芳的欣喜

       2018 年 3 月 3 日

转身就是五月江南

一

秦岭那边吹来的风是暖暖的
一遍又一遍,吹软了我的双眼
春雾遮掩了夕阳
那吱吱呀呀的摇橹声,一声
高过一声,醉了雨水江南
四月将尽,三月走远

庭院花开,喜讯临近
就在这一天,幸福终于抵达
你们眺望的花开时间

二

风,在花间停了
四月的拥抱融化了所有
阳光开始烂漫

吐芽,含苞,盛开
此刻,都围绕着江南
在四月将尽也是最美的一天
只有青和沛,站在这花丛的中间
成就四月最华美的风景,一段

又一段,让天地赞叹

三

再对私家庭院看一眼吧
你与你高智又美艳的四个小伙伴
花团锦簇,笑语连连
一转身,便是你的五月江南

女儿已经长大,我知道
有一种爱叫放手
就让我疼惜地,帮你
完成最美的心愿

四

暖风起,花正开
满地绿意诗篇,而我
就在五月的世界等你吧
不一样的角色,不一样的世界
初夏温热,撒花放眼
桃李不言

从振风塔到杏花村,从上海滩
再到英国利兹大学红砖城堡
远方,始终占据你的心间
我知道,江南决不会
因一颗水滴而顿生波澜

五

风雨停歇的时候,在大渡口等渡
我无意间发现:一只雨燕
带走另一只雨燕
比翼双飞的样子美化了天际线

突然心生悲凉
夏至将至,漫长的酷暑里
哪一片云朵来泗渡我的余生与前缘

六

青儿,你一转身,五月就来了
那么多美美的心愿
如一树花团锦簇的蔷薇
仿佛一夜间,祝福
缀满五月的枝头
挤进阳光,抵达无限

2018 年 4 月 28 日

在一茎叶脉里遇见

循着梦走,就有了翅膀
当我飞起来,在植物的呼吸里
遇见了你,花
须臾间都开了,在无际的芬芳里
我的名字和你的名字
重叠在镜子里,一生不变

回过头看看,灯影暗合夜色
我们的土地,在脚下不断迁徙
你看明白了的时候,我
和破旧的时间
都不过是一个虚词

你我都未逃离
那个永不老去的春夜

我多年来一直临水而居
就因为,水终会流入你的海里面
那么多年前,我就参悟了
我们名字的不解之缘
这是人生最浪漫的一件事情

2018 年 7 月 4 日

秒断：寓言彼岸

一

我们端坐在长河的两岸
不说诗歌、爱恋
默念秋天、远方，与彼岸
我们寂静独坐
河对岸传来病毒流传的消息
你我不在其间……

你，是七月流火的一部分
爱与诗意，如期抵达秋天的根茎
你是暗夜篝火的一部分
炽热的舌尖
舔亮东窗黎明

一切被流言与信任击碎
而你已不在其间

二

像土地、空气、阳光与水
我常常漠视
而其实，一秒也不能离分
比如，我身边的亲人

你说:这些一望无际的山花都是你的
那些酣睡的甘蔗和燃烧的诗句
甚至冰封的河流都是你的

孤独地拥有,徒劳而枉然
一切,都应是自然偶遇的样子
你我其实都无法改变
除却,难舍与思念

三

秋风过后
一场雪还在赶来的路上
那些失爱者在异乡
梦到马蹄铁,乌桕,独皮筏
烈焰红唇,一支点燃的烟

在夜里,专一的贪婪
是危险且致命的
衰老的肉体
在夜色里招摇行走
注定这是一个心潮澎湃的夜晚

四

一切都秘而不宣
摇摆、退却、思念与质问
静默、羞怯而又试探

更多的是暗夜里的无奈叹息

我们互为影子,又互相仰望
认识很久的友人
突然在黑夜里失踪了
与其庸俗地握手言欢
我更偏爱于做他永远的亲朋

霜自昨夜白
所有的追逐化为白发双鬓

坚持走完这一条孤寂的长路
爱与关注依然
长风浩荡,情意辽阔
而这一切,却都早已与你无关

      2019 年 10 月 29 日

爱情是铁

从千百吨矿石中高温萃取
我羡慕这暴力的选择
爱情是铁。我羡慕

似铁块和铁钉一样坚硬而锐利
无须变通,或与其他
融合,铁就是铁
与他物无涉

然后,爱情也只能是铁
平整而又坚硬
是支撑生命的脊梁
或保卫家的利器
在月色下闪耀明媚的光
我很羡慕

只有一种情境下可以变形
炽热高潮下,融化为水
浪漫地、灼红地闪烁
流动着、撞击、敲打出诗的声音
四溅着,碎屑的杂质
光的星子
爱情尤应纯粹。我羡慕

2019 年 10 月 30 日

这一刻是那么珍贵

我用了我一生的
善良,来祈祷
让健康距你的骨头和心跳
更近些,距石头和胆囊更远些
手术门开,风轻云静

你进门时回眸
一笑,我忽然感觉
是那么温暖,那么亲

手术室的灯在跳动,我在等
一个无胆英雄
每一秒的时间都有重,有轻
而这一刻,特珍贵
风吹不动,云移水静

雨水,是另一种甜美的祝福
和赞美。而昨夜
每分每秒都是细雨缤纷

2020 年 5 月 12 日

应该确定是爱的

尘世的,炽热的。世间称之为
爱或婚姻。一相爱,我们
就油盐柴米,春种秋获
绽放的花朵与爱,永远高过
冰雪之下的山峦

远方有多远,爱的里程就有多远
冷静的沙尘之上,长途跋涉
磨炼了情,也消磨了爱恋

合伙忙碌的一生肯定是不够的
应该在花树下,埋颗花籽
应该相信尚有未醒待续的爱

一次次纠结,或缠绵
我们彼此需要生长的草木与温暖
一次次相遇与送别
你我初恋的那个夜晚

应该确定是爱的,不然呢
那些丰盛的家宴
猫、池鱼与花草,可以
自由放手域外的孩子,相互疼惜
和我们赤裸不变的诺言

是的,应该确定是爱的,面对
繁杂的尘世,你我恋恋不舍
尽管时光在一丝丝抽离
但我眼中的泪,最后
依然留给你和人间

    2021 年 7 月 20 日

凡经过我的，必将经过你

承担过你的，我也必将承担
因为属于我的每一粒尘埃
也同样属于你，如迎面而来的
每一缕风，每一颗雨滴
凡经过我的，必将经过你

我闲步山里，还邀请了我的灵魂
我俯身，悠然观察每一片夏日的草叶
从我的灵魂和叶子上望过去，你必然会
认出你自己。你我经过的日子
每一分每一秒，都是恰合的
只是轻重有别，用你的心和爱
去度量，去抚慰，去珍重

2022 年 9 月 1 日

大地之疡

潮湿的火焰把暗夜点亮
光辉的箭镞。秋天的谷场
一去不复返的是我凝视的目光

在山冈的对面,小河悄然转向
面对大海,生命敞亮
你怀抱谷穗啊,打马跃上山冈
54个春天啊簇拥你一同前往

传说死亡是夜的颜色

传说死亡是夜的颜色
　　　是潮汐的身躯
传说死亡有千里之眼
　　　是无根之植物
传说盛产死亡的地方
　　　恰好也盛产永生
传说温柔嫩绿的草丛
也会有死亡,如阳光般生长

山民们,那与山有着血缘的山民们
才不管什么叫死亡呢
他们照样拽着古藤荡过山涧
踩死种种恐怖采集古参
狩猎于虎豹出没、巨蟒聚会的古森林
他们不信,那很男性的崖上会躲藏着死亡
那挺母性的紫藤会嫁给死神
他们真想大呼一声
叫那死亡大大方方地亮个相
看看这群不相信死亡的子民

传说死亡是夜的颜色
人心里那束火,一旦熄灭
夜,便会涌过来一片黑暗

山民们，那不相信死亡的山民们
才不愿猜想死亡的住处呢
才不愿躲进空楼回避死亡
他们照样灌烈性老酒醺醺然上路
在鹰隼飞不到的地方
种植故事，在古岩野涧
用独筏戏弄暴怒的激流

即使有一朝，某种东西
把世界从他们的明眸中拉走
他们也不承认，那便是死亡
不承认，在另一个世界就会臣服

传说死亡是夜的颜色
传说山里人佩戴的黑纱
就是一角被剪碎的夜
传说那入土为安的汉子们
就是透过那剪去的一角
得以永恒地欣赏森林之上的蓝天……

1986 年 4 月 1 日

徐锡麟

苍茫的钟声已经远去
血腥的枪声已经沉落
而昔日之风依旧劲吹
吹你的长襟成一面战旗

用大理石雕你
用万年青的翠绿、鸡冠花的火红
淹没你——
愈来愈年轻的生活
时常陪着皎月,拾级而上
静静地凝视你

一副眼镜,一根尝尽世路坎坷的手杖
已被稚气的眼睛们逐渐淡忘
而你的名字,你那叱咤风云的名字
立于街头,已成象征

默默地注视着
大街小巷的笑声如雨季旋流
汇集喧哗迸溅于你的脚边
那月色载来
已不再是你憎恨的一切

那仰望着你的明眸里,闪烁着什么

那倚靠着你的情侣,在酝酿着什么
那伦巴舞步、改革浪潮、雀巢咖啡
意味着什么
你不曾体会也不会体会

但你仍然祝福般微笑着
虽然你已不可能走下台阶
走出一九〇七年的腥风血雨……

1986 年 5 月

就在那一夜

就在那一夜,雪地上
一串似哭非哭的嚎声奔向远方

就在那一夜,山村疯了
在灼红的火把和闪动的白刃下
那老牛,无力而又痛楚地扭动
垂涎的欲望
如春雨中的艾草,在夜色里疯长

就在那一夜,全村老少都满足地笑着
在锅台边赞美老牛的功德
赞美那浓浓的牛肉的味道
唯有老牛倌抱着一对滴血的牛角
在刺骨的风中哭着消失了

(荒冈上又一座新坟)

那一夜的雪,如往常一样飘落
只是弥漫着一股残忍的血的腥味
纠结着一缕缕浓烈的牛肉的香味

就在那一夜,每年的那一夜
都有无名之人点燃无名之火
照醒坟边那一对牛角兰

牛角兰开花的时候,那浓烈的香气
如潮湿的哭声,熏得人人欲泪

一种无名的哀怨,就在那一夜
种进山民的心里,且年年岁岁
像山头盛开的牛角兰
越——开——越——烈

      1986年6月2日

雁领死后

兴许是他老了，老得
已读不懂天空风流
在啸音和雁们浓烈的仰慕里
眼力，不知何时已经锈钝
错误地将一个飞翔的群落
弃于沼泽——四野空茫
却把自己交给落霰
连同那梦里闪烁的南方

沼泽地叠满徘徊的脚印
所有羽翅皆渴望苍穹
可道路在哪里？南方在哪里
咒烂那雁领吗
雁领早已永寐
祈求那上帝吗
上帝不识雁国的语言

那么，只能于此种植诅咒
只能于此让向往长成荒草
沙沙作响，梳理野风

辗转于沼泽的最大悲哀
仅仅是雁领之死、雁领之错吗
所有的眼睛在沉思中转动

那饱蘸鲜汁的太阳

在南方头顶悬着

那垂柳飘飘的湖泊

在南方空中扬着

长天无云

沼泽嘎嘎有振翅之声

      1986 年 8 月

想家的时候

想家的时候无须动身
只需一盅老酒
一盅老酒便可送我回家

家,在风甜浪酣的远方
在我无法企及的心里

成群的大厦向天空蜂拥
人们像星斗愈闪愈远
孤独的时候
我常爱独步街头
看霓虹妩媚,听歌声狂野
在旋转七色的舞厅抽筋霹雳

一杯雀巢热饮令我亢奋
　　　　也令我心冷
心冷的时候
我便独自呵护家的概念
呵护家,其实就是呵护自己
一股暖融融的醉意缘体而升
家,是我生命的全部意义

想家的时候
我就想恶毒地背叛城市

就想咬牙——拔起
我扎进城市的每一脉
　　　　　根
　　　须

辗转彷徨
人类
在泥泞的历史驿道上
已流浪得太久太久
世界被枪炮愈打愈碎
而家在哪里

家,在核武器的蓓蕾之外
在人类浑然不觉的梦里

想家的时候
我其实无须真的动身
只需一盅澄明的老酒——

老酒勃发我全部的梦想
醉眼处,无一不是我的梦中家园

　　　　　　　　　1989 年 5 月

俯视乌江

俯视乌江,又摊开地图
掌上汩汩潺潺的,尽是水波

项羽自刎的伤口已无法愈合
英雄一腔鼎沸的热血
漫过两千多轮春夏秋冬
已渐自透明为一江秋水
秋水的源头为火
为一种葳蕤于季节之外的植物

楚地植物无根透明

举手为帆,垂手为桨
平手砍伐岁月霍霍如风
英雄的名字辉煌九百里月色风声
在此,却如云中坠鸟——
嗒嗒的马蹄嘶鸣着弃他而去

隔岸白马脆裂的血嘶业已沉寂
两岸秋色如金
二十万汉兵滴血手指依旧在指
后宫三月噬天的大火依旧在烧
蹁跹的虞姬与剑光缠绵——
风声无限。嗜血的战袍渴意无边

孤鹤痛楚的悲鸣遇夜而醒
　　　　　　落水生根
浅浅乌江水以另一种柔姿
在项羽苍白的脚趾上
猩红地流动

俯视乌江,十指次第读透江水
读到的仍是水族之外的腥味

　　　　　　1990年2月

你是我赖以歌唱的唯一的伤口
——纪念母亲

你是我赖以歌唱的唯一的伤口
落日西沉,看满枝桉树叶子一一落尽
你如一尾火狐,在我的血液里独自孤行

我躁动如风,没有一阕绝句可容我安身
唯有你语言尾部柔软的抚触让我沉醉
无须动用灼热的手掌于树下安慰我
我是你树上最出色的果子,啊母亲
裹紧你麦绿色的破大衣,夜色里风声很紧

大群黑羽毛的鸽子在彼岸环你而鸣
天空蔚蓝如童年渐走渐纯
透过火焰般飞扬的尘土
你以独特的表情凝视我
我盈眶的热泪渗透月色,点点滴滴
无声地将你湮没

死,就是让飞翔的喧响的东西
平静地落回地面
那坟墓只是你归宿最纯粹的虚构

清明细雨霏霏,我绕坟而过
无数片喧嚣的叶子击落你

这一生你千变万化无法回避的
独独是我
最后一滴水滴尚未滴落,你便
沉静地滑入我结实熟透的果仁
那渐渐滑落的姿势是沉鱼的姿势
静穆且安详

我存在,是你终极的幸福和苦难的根
面对虚无,以掌相抵
仍感到你心率过速的脉搏
在幽微的源头和石头上跳动
以一发幽舟我独渡夜色
梦中大野上你温暖地走动

春色无垠
你的每一句暗语都催发我的幼芽
每一掌纹及手语和独一无二的笑意
都铸成了我生命古朴原生的背景
　　　　　　　一种幽邃的无言
我疲惫而清醒

你消失,你存在,你以我这枚青涩的果子
与无以匹敌的死亡抗衡
从一只鸟翼上滴落的露珠惊醒我
我女儿的梦话里有你的声音,纯净如水
无知无觉
喃喃不绝

　　　　　　　　　　1990 年 6 月

其实都是一种飞翔

看众多无翅的物体在空中飞翔
便感到自己永远不会老去

其实,死亡只是生命的另一种形式
无须恐怖子夜时分
那落叶坠地的沉重声响
那是生命中应该凋零的部分
无须感伤

人生在世,从燃烧到熄灭
是一次消化吸收的过程
趁自己感觉敏锐
以颤动的十指吮饮抑或汹涌
天空下的每一条河流

让波涛撼你,涛声淹没你
世界色彩斑斓充满魅力
如月色里刻骨铭心的爱情
人生在世
敞开你的胸膛包容这世界
一如这世界包容你

在夜的羽翼下体味孤独
真切地沦陷抑或上升
其实都是一种飞翔

2005 年 12 月 19 日

十三束未经风雨的火焰

据报道,又有 3 名以色列人和 10 名巴勒斯坦人死于冲突之中。我已经无法计算这是今年第几起。

约旦河西岸的火焰,耶路撒冷的火焰
直逼眼前梅雨季节潮湿的中心
我坐在遥远的国度,感受寒冷的夏季

九条消息都直指那里
九支密使都派往那里
定点清除,肉体炸弹
阿以战争的烽火
从 1947 年一直烧到 2006 年的脚尖

这燃烧不止的火焰啊
耗尽了人类多少鲜红的血滴

生命从死亡出发
童年从战争开始
十三束未经风雨的火焰
十三个伤心欲泪的词语

一望无际的黄土
两个苦难的民族
徒命肉搏,以命威逼

骨骼成山,滴雨成泪
浴血疆场的不仅仅是百万士兵

半个世纪的对峙啊
一次又一次的俯冲
一次又一次的对决
阿拉法特、拉宾、亚辛……
耶路撒冷的天空啊,没有羽毛
也没有雨滴

哭泣,哭泣,哭泣,血液一样的泪滴
面对哭墙祈祷吧
三支不同姓氏的神灵呵
都已黯然远离
只留下风沙中空空的庙宇

寸草不生的高地只盛开一种玫瑰
在火焰暗蓝的尖顶
人类,已无法返回

2006 年 11 月

细雨中我们俯首志哀

细雨中,我们俯首志哀
在这个特别肃穆的时刻
只有彻骨的寒冷,只有深切的疼

无须琉璃金砖,无须烟花火树
他们只要一座
能守护生命的砖房瓦屋
可以生养,可以老死
可以细听女儿嫩嫩的山歌

早该伸伸手啊,面对他们的苦难与无助
我们有好多事可以做
可现在,所有的一切
于两千多只黯然消逝的
明眸,又有何助

风空花落
眼泪,眼泪,眼泪
对生者何滋,于逝者无补

细雨中,我疼痛俯首
玉树,玉树,让我再轻唤一声吧
我心中的玉树,除了行动
我们还有什么话好说

2010 年 4 月 21 日

夜访鲁迅

——纪念先生逝世八十周年

夜色很深,百草园的杂草很茂盛
八十年积聚的潭水很冷

好久没有遇见您了,先生
在三味书屋的尽头,在一棵枣树
与另一棵枣树之间,先生
您的箭眉与胡须,您的寂寞与傲骨
依然冷峻
在星空下闪烁

八十年过去了,您没有言语
马放南山,文归书屋
您的铁肩道义
您的辣手文章
已在书架上睡熟

八十年前的夜色还冷如潭水
除却夜晚
只剩下这秋夜杂草处处

孔乙己和阿 Q 的近亲还在
闰土后人侍弄花草天天卖书

您的族人，用您的名字您的商号
近距离经营先生笔下的故园

有人害怕您的文字您的眼睛
您冷如箭镞的语气
有人疯狂地把您请出课桌

夜访先生，我心疼痛
仰望着您，先生，我绞紧十指
您的烟斗依旧在燃烧
您的眉头依旧在紧锁

雨，清冷地下着
一颗敲打着另一颗
我只能独自在杂草丛静坐

夜访先生，我有话想说
看着您深邃的目光
我放下怀中所有的书

2016 年 4 月 25 日

春的来路，母亲的方向

独坐清明，遥望三百里之外的山冈
数尽前方峰头，座座都是我的方向
一样的雨水，一样的对望
只有年年呼唤啊，次次没有回响

飞翔的剑鱼划过山冈
山冈，山冈
千年之前的海洋
蓝鲸和海鸥沉入永眠的梦乡

风抚水面，雨滴花香
有个秀美的女人走上山冈
这是我的村庄，一个黄姓族氏的故乡

静坐村口守望
春的来路，母亲的方向

潮湿的火焰把暗夜点亮
光辉的箭镞。秋天的谷场
一去不复返的是我凝视的目光

在山冈的对面，小河悄然转向
面对大海，生命敞亮
你怀抱谷穗啊，打马跃上山冈

54个春天呵簇拥你一同前往

种子发芽,草药飘香
十二颗草莓围绕你轻唱

山冈山冈,母亲的山冈
一只鸟儿在异乡的天空独自低翔

山冈山冈,金黄的油菜花香
那是母亲一个人的天堂
有人在春天忧伤歌唱
细雨纷纷,又会打湿谁的衣裳

有谁能停止我无助的回望
有谁能让桃花永驻山冈

蓝鲸不会跃起,千年之外的海洋
山冈山冈,我未来的村庄
春的来路,母亲的方向

2006年4月4日

无力抵达草莓的边缘

草莓无法遇见,火焰无法遇见
妹妹,我就一如既往地
静静站在你清新呼吸的后面

春天是一个叙述梦呓的金色花园
我站在旷野上,风指尘沙
　　　　　花色迷离
只有那青涩草莓的香甜气味
一直很烈,犹如夏季炽烈的火焰

草莓草莓,十七岁的星空下青春的火焰

十七支红烛,十七枚草莓
风中的露珠,草莓幸福的眼泪
我的目光无力越过冰冷的静夜

青春与尘土,就在那一夜
留在你最后的春季,我怀念的
草莓,十七岁的草莓
永远停留在星空下火焰的边缘
草莓草莓,潮湿的火焰我无法接近

望着一如止水的你,我渐自白发染鬓
每个早春,青翠的藤蔓上

你依旧白花点点,温润的香气
一如你的呼吸,你生命的火焰

渴望上帝借我一双神手,捧回那朵火焰
以我最后一口呼吸接住你的泪滴

别离开那块草莓花地,千万别离去
妈妈已带着厚厚的大衣去看你
寒冷的星子,冰硬的土地

草莓草莓,风中永远甜润的草莓

岁月如白云朵朵,淡淡散去
我的幺妹,你轻笑着,与草莓
永远站立在1986年的风里,隔着
一个世纪,你读不懂我湿润的诗句
我也只能透过星空与火焰,看你

草莓草莓,我祝福的诗句
无力抵达草莓的边缘

2006年6月12日

在温湿的灰烬中怀念

穿过黑暗潮湿的隧道与岁月
曲折地与一支流泪的蜡烛相依
光焰与阴影闪闪灭灭
一串白蜡的泪滴

岁月尽头,光亮乍现
人们狂喜地奔向光辉的顶点
路边,是零星的踩扁的
蜡烛残躯

七十年之后,有人泪眼回望
有人轻声叹息
而白蜡,却早已融入大地
那散落在雨水中的灰烬呵,依旧
闪闪又灭灭

面对温湿的灰烬
我们不能仅有怀念

2015 年 9 月 9 日

一枝菊花的敬意

今天天气燥热,阳光明媚
一个老人走了
最后的诀别、哭泣、哀痛与送行
一切都在告别
在风中远去

那个三岁丧母、四岁葬父
　　历经内战、援朝抗美
　　　　南征北战的白衣身影
在鞭炮声与草纸的飞灰中湮灭
留下无尽的哀伤与思念

只有那一枝白菊花,一个哑巴手持着
从告别大厅的手写纸片开始
不顾人们的误解、提防与劝离
一路固执地追至焚烧炉
直至草坡墓地

一堆世俗献礼中,一枝菊花
在阳光下闪耀
异常生动、鲜活而又温馨
如一段沉默的赞美诗

纸片手写文字显示:

一个哑巴抄记的讣告
去殡仪馆的路线标记
一个二十多年前
老人助他的医患故事
一次次被拒绝的礼金
他只想表达最后的谢意

在墓地,被允许给老人敬香与致意
哑巴委屈的眼泪,终于
在白菊花瓣上闪现

在老人照片慈祥目光的凝视下
墓前的光,理解融化的人间情意

一个陌生残疾人的真挚感恩之旅
二十多年之后,终于温暖抵达
老人仁爱与人性的光辉
瞬息,在尘世间
无声怒放,一枝菊花凝重的敬意

瓣瓣重于天地

2017 年 4 月 16 日

注:二十多年前,一个因病住院受到白衣老人陈医师帮助的残疾人,从最近张贴的讣告上得知老人去世后,独自追来,用一枝白菊花表达感恩之举,让人感动。特以此诗记之。

伤怀,那手指前方的人

黎明时,我们踮着脚尖
穿过霜降枯草的石门湖畔
有一只红色的翅膀
自水的暗处升了起来

突然一只野狐穿过湖滩草丛
我们当中的一个人
就这么用手指着
他,中等个子,眯着眼
那指向坚定而有力
如一枚风中疾飞而出的钉子

那是很久以前的事了
如今,他已不在人世
可我依稀记得
那只野狐,那个手指的前方
　　那个独自走进旷野的人

他伸手的那一瞬,一连串动作
风吹湖面,那湖滩
有石子走动的沙沙声

哦小伙伴,你究竟去了哪
你是否去了荷的深处

我的询问不是出于悲伤,而是
感到惶惑,一种无奈的怀念

我不要怀念
只要你,站在那
能再一次手指前方
哪怕只有一瞬

2017 年 10 月 23 日

诗人伊蕾已经远行

这是你最后的旅行

安详平卧在冰岛冰封的风里

伊蕾,伊蕾

这是你最后的背影

那么轻,那么远

今生今世,已经无法遇见

最初的,那是 1989 年 5 月

我看到的也是

你背负巨大行囊的背影

匆匆出门,在鲁院,在北京

那时你的《独身女人的卧室》红极一时

你的诗歌,风一样席卷诗坛

也席卷了我年轻的诗心

多少年来,我依然记着有个诗人

名叫伊蕾,住在天津

依然记得那行色匆匆的背影

你那么酷爱旅行,没有想到

你在冰岛留下最后的脚印

我知道,今生已无法遇见

只能在诗歌中见你读你仰望你

伊蕾,伊蕾

2018 年 7 月 16 日

注:刚从诗友处获悉,著名女诗人伊蕾于 2018 年 7 月 13 日下午 4 点在冰岛旅行时突发心脏病去世。20 世纪 80 年代她曾以组诗《独身女人的卧室》轰动诗坛。

80 年代末,我在鲁迅文学院作家班读书时,一个五月的夜晚,我与同学在文学院操场散步,有人手指行色匆匆走出学院大门的背影,说,她就是伊蕾!

此后,再无遇见。

闲坐迎江寺

钟声停止,今天立夏
我正好坐在迎江寺的
对面,五月的景致正好
江流平静,霞光满天

江堤有一块石头
正好容许一颗闲心
我落座。许愿的人走了
还愿的人来了。菩萨正襟危坐
不食人间烟火

人间有诸多苦与疼
风尘仆仆地追逐,他们
没有时间,擦拭肩上的尘土

我的心中,有一块空地
正好可邀一尊山石,闲坐

立秋之后,寺中风吹
然后,是叶落缤纷

2018 年 8 月 16 日

秋天的背影（组诗）

御风而行

下午三点三十分
一列火车呼啸而过
一阵风过芦苇的轻盈
之后，一切平静
为了与之产生关联
我来到，站在风中

带着南方所有的抱负，与苍凉诗意
秋天，到处是果实
乌鸦停留在柿子树上

天空高远，大地辽阔
我渐渐剥离，从身体里飞出
迎风飞翔，与势俯仰
阳光强烈如初

我看到一前一后，两个人
向甬道奔去，背影晃晃悠悠

逆行的过程
没有人替我说出罪责
没有人替我准备赎金
背影疼痛不已
秋红，落地无声

自　白

羡慕秋风,随意吹落叶子与花瓣
而春风与之相反
嫩芽出征,大地月光铺陈
薄霜,寒冷的寂静

羡慕流水,有丝绸的柔情
箭矢的锋利,不懂得曲折迂回
你可曾看见它寂寞、忧愤

时间与死亡

时间和死亡——
没什么能战胜你们
死亡属于真理
真理不属于时间中的物种

人间长满獠牙,且意志坚定
命运沦为牙齿下的食物与碎影

昨日,在路边
枯骨站立,他摆脱肉身
一半是梦,一半是惊醒

我们无法辨清
哪一具才是真理的面容

2018年10月15日

姨　娘

我昨夜突然梦见
故乡的河岸不见了
进村的小路也不见踪影
油坊岗村的姨娘
却兀自站在村头的风中

她,其实是我的小舅妈
是小舅的童养媳。我叫她姨娘
却一直不知她的名字
直至如今

她是我年少进村拜年时
温习长辈称谓的最后一人
现在长辈都不在了,仰头望望
她是坝上树顶仅存的一片叶子
这样想想,旧时的雾就快散尽

姨娘不认得字,拜年时
她总是在厨房忙碌,一身的油烟
吃饭时,姨娘总不上桌
在一角,一张小板凳,一碗饭
偶尔外婆会夹几筷荤菜给她
总是在人群的外围
静静地听,大部分人笑时
她才会轻笑几声

姨娘的资历并不浅
三岁就到了这个山村
我说,累吧？她说
不累,人就活得轻飘飘的
当年,我去外地上学报到时
她总会偷偷在路边塞给我一两块钱
那时,一天的工分才值七分

姨娘,是这人世我见过最寡言的人
就是大儿子在工地亡故时,也没见她哭
不停地为料理后事的人做饭
一桌又一桌。我知道
这是她能为儿子做的最后一件事情

在灶台边,姨娘用污黑的毛巾
一遍又一遍地擦着眼睛
不知是痛苦的眼泪,还是灰尘

她总在劳作,劳作
卑微得低于灶台上的尘土
这辈子,我只心疼两个老人
一个是我早逝的母亲,一个是我姨娘
那个至今不知姓名的女人

醒来时,晨光里的花和草还睡着
油坊岗山冈上,冷冷的大风刮着
刮着,一天又一夜
我的枕头和袖口全是泪痕

2019年10月5日

病中杂记（组诗）

白衣人

进进出出,白衣人
脚步匆匆且轻轻
可每一脚都会惊疼
亲属的骨头、眼睛和心

生与死只是一页薄纸
手术刀翻阅不停
从病灶到病灶
昏迷的病人不醒,也不疼

白衣人总有一股医院的味道
难道是发酵的生命

白衣人来去无声
穿过病痛,穿过哭声
有时带来死,有时抢回生

我不是飞鸟

我不是飞鸟
心底里却总是长出
火焰的翅膀

无法抵达宁静的远景

那一刻
你眸光里流淌的血
穿透层层利刃,扶起
那疲软的脊椎与微跳的脉动
医院消纳疾病,手术室的
门,开合之间的微风
去死,还生

病,令人厌恶的东西

病,这令人厌恶又看不见的东西
潜伏于生命,留下
数不清的隐秘的伤痕
让你莫名地恐惧又警醒

刀子进进出出,点滴悬着无声
呼吸机不懂疼痛

手术的本质
不过是用无影灯下的伤痛
切除你身体暗处的病痛
麻药散去,身体忘却的疼痛
又潮水般涌动。而此刻你最渴望的
是能像窗外街头的人
自在行走是人世间最美风景

2021 年 4 月 12 日

麦子的忧伤

原谅我不可逆转的悲伤
小满过后,大片大片的麦子
挺直身躯,麦芒直指金红的太阳
夜风中,洒上月光细碎的光泽
麦子成熟之后,便抵达死亡
丰收的喜悦与麦子脱离泥土的忧伤
在田野的风中飘荡

那一汪绿油油的麦绿可否滞留
滞留于这片无忧无虑的春光

夏天尚远,远处是潜伏的热浪
而此时,麦子的根茎
借黎明之势,扇动翅膀

他们要躲过赤霉病、旱涝及台风
只想做一粒饱满的麦种,隐姓埋名
用一粒粒小小的金色雨滴
储蓄起逝去的冬绿和春日时光

2021 年 5 月 6 日

族氏令

一

风吹开八仙桌上发黄的族谱
一沓沓,被整齐掀开,如散落的岁月
这村庄黄氏一族沉积的历史纷飞着
如雪花一般飞舞
一片片飞翔的族谱
又如褐色的火焰在闪烁,在诉说
一个族氏三千多年的过往传说

黄族上溯至少昊帝
传说黄姓族裔出江夏
天下黄氏又散三支,一支北上黄河
一支南下,一支经海漂五洲

微寒的蓝色火苗
照亮了家族历史,波澜壮阔
白色灰烬上的文字中端坐着
一代代醒来的祖先
静静地看着我
或者被我懵懂地看着

那是触及氏族母体的根部
干涸的眼泪,神的秘境,家族的荣耀
被族谱的文字和火焰湮没

二

黄氏村庄在炊烟中老去
子民如一缕缕炊烟飘向城镇
老人们在彷徨，在凋零

村庄被魔性的时间困扰在山中
子民离去了，却拔不出族谱深扎的根
那如一枚钉子扎进去
那黄姓族氏赐予不灭的姓与名

一代代后裔血性次第被点燃
用热血去铭记，去复活
一个荣耀天下的氏族大姓

没有谁能离开，从古至今
也没有谁可以逃离
哪怕有一丝侥幸

即使有一天，你终于老去
无论在天涯，还是海角
你的心都会隐疼，那祖先的目光
那镌刻在你骨头里的族裔之情
是你心中永远拔不掉的
一根钉

2020 年 12 月 20 日

读史听沙

一本史书的阅读,和另一个人的书写
有时隔着半盏残茶
有时隔着生死

我喜欢年老后的自我
当繁花褪去,我
词句无多,枝条清瘦而冷峻

直到,奇迹出现了
我用阅读越过万水千山
追上了你

你读到一粒海沙的沉默
而我,却于沉默里
听沉沙里的骇浪惊涛

2021 年 5 月 7 日

瓦罐及山顶的雪

她拿起瓦罐走向水
弓起的腰身,是那么沉重
仿佛罐里装着她的一生

小小脚印,印在雪地上
像一瓣瓣梅花,让人想到醉酒的鹤
那是她衰老而不屈的青春
早已融化成一地泥泞

河,还没有完全解冻
她用手指拨动着冰冷的水
她要把罐子好好淘空,那里面
装着眼泪、哀伤、夜与孤单的寒冷
以及岁月的烟尘

自从儿子走了
她就沦陷于晨昏,现在
她一边清洗,一边遥望对面的山顶
儿子的孤坟就在那儿
雪,积压在她心尖。她始终不承认

儿子已经死了。一心想,当马车陷进了雪里
那怒吼的风,就是奔驰的马蹄
正把儿子拉出凛冽而孤寂的绝境

2021 年 7 月 13 日

转身之后,便是星辰大海

我多次写过大地苍茫
直写到湖泊仅剩最后一滴眼泪
我写过松间冷月与星空大海
直写到孤鸣之鹤安然睡去
以及大风吹尽芦花的落寞与冷寂

我脚下有土,头顶有天
转身之后,是葳蕤向春的满山草木
我不知这些大地之词
在风中鸣叫着,代表着什么

我写尽秋天的苍凉,庄稼收割后
秋风浩荡,大地一无所有

我写尽天空的茫茫雪花,如诗句飘飞
任何一种抚摸都是伤害
触及,便会融化
像人与自然之间的那一份暧昧

我写完早春的最后一场雪
如写尽毕业合影时那份迷离
转身之后,我们终将各自远去

我写因忧郁而泛蓝的天空

但不会写尽悲伤,转身之后
我会在一张白纸上留下一些位置
那是我一生最耀眼的空白

我写尽岁月,岁月渐渐老去
身边的熟人就潮汐般退隐

转身之后,星辰便将散尽
这就是悲怆而饱满的人世
我们没得选择,只有
一次又一次含笑的迎接与告别

2021 年 7 月 29 日

乡野之疡（组诗）

虚构

经验告诉我,虚构和秋天
同样令人伤感
语言在此处遇见静默
没有一颗果实不坠落人间

或许是昨天,在雪地里
我们确实纯洁得像天使
美,成为消逝的代名词

至于这首诗
我是想赠予光明的,以及未来
和泥土中穿墙而过的春天

蚕豆

我目睹老母亲坐在田埂上
剥她种植的蚕豆
青绿色的,饱满的豆腥气
让她笑眯了双眼

现在我想起这件事
就觉得是老母亲提醒我

哪些东西是干净的,须剥离出来
脏的是土,是粪,是我们
病入膏肓的那截人生

而这些剥好了的蚕豆,煮熟后
软糯香甜,穿成一串翡翠豆
妈妈把它挂在我的脖子上
晃晃悠悠
足够我吃至终生

岁末

这首诗可以献给天空与辽远
它隶属
我一生的仰视与眺望

这一年我们彻骨之寒的事件
其实可以举一望二
在雪地中送炭,冷一脚热一脚

没有什么可以隐瞒,黄土已经睡去
一个乡下人,一辈子都想离开
那些寻找故土的人
其实,并不真想重回故乡

因果已在那里
两手空空的田野已经长眠
土上,积雪很白,很冷
草木因此有了姓氏,有了过往

夜饮归来

当你躺平,在流水边
河流就这样轻而易举被竖起
你在低处,像极了桑田
像极了山楂树几十年不曾走出山门
依然用落果去迎接金秋

把果实放在供奉的位置上
并且写信告诉你:

为了望见万花筒一样的新时代
我写诗,不仅仅为了颂歌
更多的是为了挽留

贫困本身

像疾病本身,贫困是它问题的全部
苔藓裹着躯体
哪怕水活着,也要成为标本

当我在笔记本上查找病灶和手术指征时
我就想它有过怎样的一生

它的性别、家庭,它的面孔
如果它曾活过

它使用怎样的方言赞美秋天

它用怎样的现实与梦亲近

如果它活过,它定会理解
世世代代人间的坎坷和陡峭
如大病中忽热忽冷

瑞雪寓言

秋天不能再深了
我在夏天也曾这样预言过
田野并不理会一棵果树的负担
而道路,正在呼唤远方的风

我们必将收纳无数个黄昏
富有和贫穷都属于
母语里无法回避的命运
我看到的,我都如实告诉了风
我想让贫困户签约手册里瑞雪纷纷

雪团啊,你要有怎样的恒心
才能塑造丰收的年景,我愿拿出
我所有的潜能向你供奉

多与寡,真与假
大地都能看得分明

2022 年 9 月 29 日

枪声中，一切都在变硬

是的，枪声中，一切都在变硬
包括最柔软的情肠

战火中人类的民族基因
都在变异中钙化
如铁锤下的锋刃
越锤越利，越锤越硬
在北美这个慵懒的阳春

春困，从四方包抄而来
睡着了，就忘了苦痛
如那沼泽里放弃挣扎的鹤群

战争，总会一直死人
纵使你有千万理由
枪声敲开的，只能是地狱大门

炮火开满乌克兰的春野
做戏的声援和制裁
像极了狼烟四起的炮灰缤纷

被远方枪炮击碎的春天
却还是如期降临
随之而至的还有春困

偶尔,也有人
会在春困中被惊醒
只是,惊醒的
是利益的算计与平衡
还是麻木的良知与人性的疼痛

      2022 年 3 月 3 日

海子的德令哈

我在高原遇见德令哈的时候
便想起了你,海子
因为你的诗里有姐姐,有德令哈
从此德令哈就不再是一个地名
而是一首诗,它的名字叫海子

海子,你走了,但诗中的德令哈还在
德令哈是座高原小城
高的不仅仅是它的海拔
还有它对你厚重的情义

如今,诗中的德令哈有你
有雕塑有广场,还有海子诗歌节
海子,你不会想到,无意间的一首短诗
却赢得了一座雪域高原,从此
你在这座城里重生
拥有了比诗更重的意义

让你放弃关心人类的,海子,你的
那一位姐姐,她又去了哪里
我想握不住泪滴的你时,也在想
你那不知名的姐姐和那场不期而遇的雨

今日的德令哈已不再是

"雨水中一座荒凉的城"
而尽是海子的情与梦,是人们
着意奔赴高原的远方与诗

你我会不会有一天,在诗中高原
或是在德令哈的街头相遇
如果你姐姐还在
如果诗歌还没死去

2022 年 3 月 26 日

纪念：活着，正是为了去爱

知道吗？他多么想活着
听那些已经走远的人在风中低吟
垂直坠毁的恐惧与剧痛
无人倾诉的绝望
就像我们的哭泣
他已无法倾听

他多想与我们一起醒来
去看喷薄而出的红日
迎接黎明，多想在夜晚的街头停留
看熙熙攘攘的人流
在春风中穿行

而这些，已不复存在
猝然莫名地急速坠落
一击成粉，一切都成亲人无边无际的噩梦
谁也无法预料，生命终止于
这个陌生的埇南镇莫埌村

今天是头七，他就站在莫埌村的上空
看山谷默哀，草木沉痛
他多想远离这阵痛中心
在竹林中穿梭，穿过花丛
然后，代他去响亮地呼喊一声：

活着,正是为了去爱

别行迹匆忙,浪费了美好的光阴
去爱每一寸山河、每一滴雨
每一个温暖你的人

去爱那些死去的
更要爱那些活着的
包括草木、流水、禽兽、土地
那些黯淡的星辰、英雄、沉寂的思想
及水中的鱼、遥远的诗
和那能吹散一切尘埃的风

2022 年 3 月 27 日

注:这首诗是为纪念坠机于埌南镇莫埌村的"3·21"空难逝者而作的。

自然之爱

从草的根部，春天又回到大地
在摇曳的花朵和露珠上栖息
这休眠一个冬天的绿色啊
穿过骨骼与黑暗，茎脉和眸子
在泥土上泛滥，在阳光下呢喃

暖　雪

（化肥造粒塔，四季尿素粒纷飞，晶莹若雪。）

不管太阳风于何处摆动裙裾
不管季节风是向东还是向西
在此，只需半步
半步定送你个雪茫茫的季节
旋飞的五角雪美丽地旋飞
以错觉，以想象
宴飨每一双逼近的眼睛

这雪茫茫的季节可以包装
且不冻，不融
这不融的希望可以载运
船载，车运
抵大江南北每畦每垄黄瘦的梦境

在辽阔的海棠之叶上
不管你寄身何山何洼何片大地
这不冻之雪
皆会吐一种热源一股力
滋补瘦弱的春，疯长的夏

送一片摇晃不定的稻浪给你

送一园晃动圆润的笑脸给你

然后,瑞雪纷飞

瑞雪纷飞注释万户农家喜悦……

      1986年5月

历经辉煌

在厄运与梦想的夹缝里艰难地活着,是一种崇高的痛苦!活着就是把自己的一生刻进岩石,刻进一阵阵呼啸而去的风……

一生注定有那么个时刻
突然君临
惊得你手足无措
如一朵昙花的开与落

一千种预言如虎掌斑斓
从各自虚空亮出
亮八方诱惑偷袭你
你去意彷徨
在梦幻与影子之间,撕扯
片片生命火焰的叶子

泣血砍伐抑或
种植另一个自己
握紧泥土,听鸽子与阳光在血液里低语
听静夜里暗自鸣响于你心头的钟声

梦中的紫太阳于你掌中滚动
三条掌纹,喧嚣如命运的潮声
无数辉煌的日子浮水而来
你以手指划动河流

穿越苍穹
逐一种无法回避的预言——
有海在远方为你而啸
有鸟在海上为你而鸣

一生注定有那么个时刻
水声淫淫
你左右环顾
硕大的叶子黄了又绿
　　　一地落英缤纷

1988 年 8 月

从草的根部出发

从草的根部,春天又回到大地
在摇曳的花朵和露珠上栖息
这休眠一个冬天的绿色啊
穿过骨骼与黑暗,茎脉和眸子
在泥土上泛滥,在阳光下呢喃

春天从草根出发
梦想随羽毛行走
风雨的翅膀,无法停留

我的梦想是树木的梦想
是大地独一无二的向往
穿透生命中灿烂的每一天
我回首凝望,这逝水中
一闪而过的花朵啊
明日不会重现

我知道,我无法抓住这季节的手臂
接不住这天空下日开日落的花瓣
只有这萦绕的湿润香气
大地腹腔升起的气息,温暖着手指
梦想的日子春雨不断

死亡,是春天最亮丽的锋刃

我无法静静地直面

枝叶在枯根的腐烂中吐绿

身后岁月的一次次砍伐啊

分分秒秒的嘀嗒声

推拥我向前

我的梦想是树木的梦想

根须穿过杂石,环抱大地的心脏

树枝繁杂,涉过夜晚和云雾

茂盛的叶子在风中言语

一季一季的转身啊

我还没来得及看清日子的面孔

低头不语的果子

就已经在风中的枝头挂满

2003 年 3 月 22 日

叶子就站在秋天的高处

是谁站在这季节的边缘？一树
秋天的光芒,荣耀的叶子又是为了谁
一望无际啊,这秋天腹部风响的叶子
无可救药的迷失,我在这九棵树的秋季

九棵树的秋天一望无边

风向南吹,风向北吹
叶子就站在秋天的高处
叶子与叶子低语
枝与枝并肩
侧耳倾听呵,在叶子的茎脉里
又是谁在呢喃不已

抚摸秋野之上的最后一片绿叶
一树红晕的秋枫啊,处女一般战栗
声声呼喊着秋天、秋天、秋天

九棵树的秋天一言不发

一地月亮的蓝光里,有人安然睡去
只有那深不见底的秋色啊
停滞在大地的深处,叶子的尽头
我彻夜眺望的影子又是为了谁

自然之爱

叶子抚摸季节,我抚摸你,风吹过
尘土和光荣都会回到自己的位置
你也将回来,就像树叶曾经在高处
现在回到大地的怀里

2006 年 10 月 19 日

我听到麦子骨头的碎声

一

麦子熟了,麦子熟了
水稻、玉米和豆荚的最小兄弟
这些统称为粮食的作物
一路笑声朗朗,由南向北

今天是开镰日
这一天与去年的今天长得一模一样
成熟的喜悦,沉甸甸的,由南向北

它们真像一对亲兄弟
三十二颗瓷白的牙齿
整整齐齐,一颗也不少

二

由南向北,收割机们
插上红旗排成长队,突突地一路向北

这阵势,并没有让路上的鸟儿们畏惧
这阵势,也没有让田里的麦子们畏惧

只有那一头金黄的欢悦

可以让成熟的麦子
倒伏,但决不低头

去年的那一场暴雨过后
我听到,真的听到了
过季倒伏的麦子里面
有骨头的碎声

三

把这些饱满的过季麦子,丢弃在雨季里
把这些新鲜的麦子,阻滞在回家的路上
把这些干净的麦子,掺上一些同样干净的石子

人啊,粮食与灵魂
到底谁更干净一些

四

麦子,你自由奔放的天性
　　　　就像这一小撮春芽
一旦绽放,就会
彻底改变大地和沙漠的色彩
由南向北,再由北向南
我听到麦子骨头清脆的呼喊

2006 年 12 月 12 日

秋风行走

秋风行走,大路、牛群与喧闹的尘土
一棵树,肩挨着另一棵树

风,谣言一般吹过
树,静立不语
满树的叶子,却一夜黄透
静静地栖息在孤独的梢头

无法蓄存的是时光啊
叶子,只是时间的碎片
终将会被大地卷走

孔夫子站在文化的源头
轻声一顿:
逝者如斯夫

怀抱丰盛的季节与谷物
秋风吹过,远望处
空旷的原野上还留下些什么

秋,无声走过
你的季节已无法回头

2015 年 9 月 24 日

季节深处的呼喊

沉鱼栖溪,风花雪月
这一季,是如此幽深
幽深得让你一走进
就被淹没无踪

我呼喊,在森林之外
明知是你故意迷路
空气里传播的风信子
都患上了春梦,四处飞翔
躲着我的追逐、你的身影

突然想冲到季节深处
荆棘是你无法摆脱的
花朵是你的脚印
美丽与流言
如同纷乱的目光缠绕
没想到这一季会成为风景

有些季节是不能跨越的
一辈子,就这样,不能再等
这一季,真的幽深

如春梦般无垠
如秋野一样丰盛

2016 年 5 月 31 日

湘西诗行(组诗)

遇见陌生的清晨

穿过群山与隧道之后
我遇见一片辽阔的清野
这片水域我叫不出名字
沿途散落的村落又住着什么姓氏
那村前挥手的老人又在招呼谁
在这个陌生的清晨
我一概不知

火车一闪而过,我
只认识窗外水面浮动的薄雾
浪花盛开的激流
秋收后寂静的田野上
一群嘎嘎觅食的麻色鸭子
远处是三两牧牛的村童
河湾石板捣衣的女子多像我乡下的二姐

在旅途中相遇的
陌生却又惊喜
不同的站点和时刻
前赴后继的风景与多么熟悉的气息

我临窗而思
母性的土地上,总会

有一朵云停留在你的头顶
美好的遇见,在继续

2016 年 11 月 7 日

穿过澧水

天色渐明,火车一闪而过
轰鸣着,穿过澧水
只见薄雾袅袅,渔火隐见
却不见岸边那经年咏唱澧水的女子
风华绝响的句子,如岸边小花
开满春天

我一直想看清澧水的芳颜
这支在《楚辞》中婉约流淌的丽水
我积攒了无数华美的诗句
此刻,只剩下这茫然的一词:
穿过澧水

湘边有九水,土八支,名为澧
我准备了很多时刻,就为赶赴
与这支有歌有酒的河流相会

一闪而过呵,我穿过澧水
无法停留,只带走澧水的芳名
却留下九支曲水,流淌在湘边天际

穿过澧水之前
我正好在读海子故乡一个女子的诗句

澧水两岸秋菊盛开
在花朵的芬芳中
大地之上的露珠,会变得更轻

2016 年 11 月 7 日

秋天的漓水

一

漓江水,裸露出岸石的青筋和鱼骨
浅浅漓水已瘦得搂不住半壁峰峦
江流,瘦削得弱不禁风
经不起半片花朵的抚慰

多少个月朗星稀的夜晚
我想乘月色逃遁
有时真想再隐进深水里
化作一尾鱼或一株水草沉下去
享受漓江的清静与疏离

二

沙滩上,我把一堆金桂捧给阳光
告诉人们,我的食粮充沛
我的辞藻华美

阳光渐次暗下了
我的文字骤然失色,我的诗歌

竟然不抵一捧漓水新鲜
无法奉献给那江滩上拾螺的壮族阿妹

象鼻山,依然驮着佛塔与秋色
池前已无洞中明月
只有清瘦翠绿的水草
抚摸着成群结队的鹅卵石
细细漓水告诉我
时光还是那么丰满而有力

大唐不远,钟声清脆
就在漓水的那一壁

三

满城满巷的桂香
樟树手臂抱养的蕨类绿意盎然
街头,车零人稀,雨水丰沛
两江四湖的桥,丰姿绰约
水与桥的故事,绵延上千年
从明朝的赵州一直到巴黎的凯旋

就在一刹那
我与一座水城猝然相会

2016 年 11 月 9 日

龙脊梯田的光芒

那是四月的天空,四月的龙脊

在柔软阳光的呼唤下
瑶家十万片梯田，生动鲜亮
自瑶寨屋顶盘旋而上，直至龙脊之巅

云朵之下梯田波光粼动，如十万束
栖息在山坡上的闪电，熠熠闪烁
　　　　　在天穹之下寂静地喧响

在高山与深壑之间
瑶家靓丽的阿哥与阿妹
隔山隔水深情对唱
如诉如泣的歌子绕梁千匝
声醉山冈

而此刻，是十一月
十一月的天空下一片苍茫
我越过五千级台阶
赶赴金光佛顶，汗水淋漓
仍未走进龙脊梯田的光芒

俯视秋后的梯田
荒芜之上是团团灰烬，我想象
稻秸朵朵大火辉映的日月星光
狂野、酣畅而悲壮

而此刻，我不关心星光
只关心粮食璀璨的光芒

从春光闪烁的三月开始

蓄水育苗,插禾吐穗,灌浆收仓

穿过春夏至秋

我抵达龙脊山巅

汗水淋漓,眼含泪光

梯田却敛尽锋芒

2016 年 11 月 18 日

御雨而行,诗意湘西奔走

一

过独山,穿麻城,抵汉口

越潜江,破荆州,遇红安,奔湘西

千余里横穿巴楚故国

一路绿树追逐

高铁御风而行

每小时三百一十公里风速

也追不上车前那颗透明雨珠

二

祖国山河之大

无法足量的

是前方那无际的巍峨与辽阔

湘西十万座大山

一座座穿越
一生要抵达的又何止天边
那一片圣洁的云朵

三

雨打车窗
风,一路在追问些什么

旅行的意义
在路途中一再被翻读

四

谁在驿站停留
又是谁在路边招手
风速人生路,无法驻足的
是诗与灵感的野鹿

无法停止
一种春之未去的节奏

五

路边风光秀美
一闪而过,无法掠夺的美
如山河依旧

风在前方指引

雨在身后追逐

八百里故国巴楚呵

有诸葛,有《孝经》

有屈子的《楚辞》与忧愤的《九歌》

还有一座座沦陷于历史与现代建筑群落

古老残破、旧貌无几的故都

  六

人一来,花就笑了

花一开,风就香了

这驿站,又有谁能久候

汽车翻越三百匝盘旋山路

雾中山景淡蓝

如一泓独有的诗意忧愁

车行,车停

尽在山中,前程渐入霞光路

      2017 年 7 月 9 日

一秆荷花的史记

一

以一蓬荷叶抵制火热的黎明
以风的身躯在田田荷田里
沉溺于暮色私语

所有的晨昏都是风的羽丝
风的寂寥
是那荷叶下层层荡开的涟漪

二

她深深爱上了低处的光芒
在荷叶的薄荫里,安度盛夏
避开水草蒸腾的光阴

如果你愿意
便可抚摸到她肌肤上冰凉的泪滴

三

"山有扶苏,隰有荷华"①

---

① 此为《诗经·国风》中的诗句。

此刻,荷叶田田
荷花簇拥
藕香在水下沉眠

一滴雨
便能打破火热的寂静
万把荷花,如灯盏浮悬
在晨醒的水雾里

四

高举一枝金色的荷花
穿透淤泥与浮水
也穿透几千年古老的《史记》
始自尧舜大禹的余晖,一枝荷莲
涉水蹁跹

有以死明志、忧愤投江的屈子
精忠报国、怒发冲冠的岳鹏举
有"予独爱莲"的周敦颐
也有"悠然见南山"的陶渊明
"芬芳泥里莲"的柳如是

一个民族的素洁
生动热血的傲骨
就这样芬芳地站立在你的眼前

五

枯边的荷叶和唇边隐去的花卉
用夏风奔跑的速度
在《诗经》的词语里翻飞
一池荷花明艳的光泽
证明盛夏的美

六

在荷的骨骼上种花,花蒂里酿蜜
在腐烂的叶脉上洒下细密的汗水
风,无声地栖息
你是否要与荷花一起安睡

七

醉,是一味止疼药
从切肤的疼痛中归来
夜,浸透至荷叶硕大的边缘

孤独,是一团浓绿的墨
被寂静无声统领

八

此刻,鸟从另一个黎明而来
穿过月色湖水
穿过荷叶挺直的身躯

在荷花的深处点燃微澜诗意

九

谁是那荷叶上滚动的露滴
谁又不愿在一盏荷花里
悄悄地安然睡去

荷香萦绕
蛙声四起

2017 年 7 月 28 日

星空秋语

树木,已经在寒风中
输得理屈词穷
丢弃了秋天全部的火种

水岸边,孤树傲立
手执一盏油灯点燃星空
手执火种的人啊
你究竟来自哪一颗星星

银河熠熠流动
碎银子般清丽的响声
明亮地响彻苍穹
天籁一般好听

请听呵——
你脚下的河水
却如《诗经》般柔美宁静

山坡野树的影子,散落在风中
像一种碎片般的秋红

这是阳光与大地的私语
在山谷间温暖地漾动
传递着一种隐秘的真情

土地,慈父一般深沉

有多少片秋叶落下
就会有多少枚燃烧的星星
天地恒远啊
大风,在山河间穿行
激情不衰的风啊,从古至今

谁能手持一片绿叶
走完绚丽的恒春
谁不想在银河抚摸到
闪烁在几亿光年外的星辰

星空辽阔
大地无比洁净
以一炷高燃无畏的生命挺进
执起浩瀚苍穹
人间,从此不惧缺少光明

2017 年 8 月 12 日

雨水，雨水

厌倦无际的翻卷
乌云停下来，与雷电联姻
于是，雨水，雨水

雨是水，又不是水
水是他的本质，却不是本体

雨，自高空坠落
只能叫雨
你叫不出别的名字

雨，滴滴答答
在打上芭蕉与石块之前
没有任何声响，能响的只是风
雨，自云端垂直而下
是断续的
速降的
凌空摇曳的河

云，是他最高的源头
没有堤岸可以拦住

雨，直奔大地
风也无法挽留

每小时一百六十毫米
江流泛滥。突破水的容量
与雨无关,也无涉烟消云散的云朵

谁在雨中且哭,且歌
又有谁能拦得住
那突破大地之上堤防的澎湃江河

而我知道
面对每一场咆哮的洪灾
没有一颗雨滴
敢称无辜

2017 年 8 月 25 日

致敬李白(组诗)

桃花潭水深千尺

春风唤醒十里桃花
一泓千尺潭水
也敌不过李白汪伦临风把酒的诗意

潭水清澈,水草沉静
水中沉睡的一千朵桃花
和三朵浮云,如千年古岸上的
踏歌那般空前明丽
乘舟戏水,游人
寻遍雾中潭水,也辨不清
载走诗仙的,是哪一叶舟子

古镇安好,十里桃林依旧在
万家酒家其实只有姓万的一家
一袭青弋江奔涌至此
却被诗仙和桃花潭酒留住
留成千尺潭水
一潭友情成就响彻云水的绝句

一千年风云变异
桃花寂寞开至十里
潭水汇聚千尺
汪伦的子孙们千呼万唤

也唤不回李白如鹤乘舟去意

静谷山下,清风吹送
吹醒怀拥十里桃林的千古名诗
两个古人,一段逸事
映红潭水之上的年年岁岁
岁岁年年,似花开花去

2017年4月8日

走向秋浦的桃陂

春风一抵达秋浦
桃陂满地的桃花便开了

如果,从此刻起
秋浦河再来点清风细雨
那么,这个春天还是柔媚的

坡上桃花开了,水边梨花吐蕊
我一人走向坡头
花瓣如雨,唐朝的李白
我并没有遇见

河面的风,迎面吹过来
吹落一些花瓣
也掀起我的衣襟

有数不尽的蝴蝶和蜜蜂
在山水间飞舞

我穿过纷落的花瓣和风的
翅膀,悄悄在林子中
呼吸着梨花和青草的香气

河床圆润的鹅卵石相偎而眠
安静地抵近
水中的一团团浮云
在秋浦,一千多年的沉淀
诗仙三千丈的忧愤与愁思
也已渐自清澈

一组《秋浦歌》,自大唐唱起
在桃梨之间
如炉火一般亮丽

2017 年 4 月 9 日

安静的去处

天快黑了,我的眼前暗下来
山涧薄雾锁住一湾江水
怀拥粉霞的夜与繁星
一起回到天门山中

山中香樟树更新着叶子
落进根部草丛
片片都找到了安静的去处

我开始相信诗仙的故事
低处的幸福传言

可以通过夜,轻声验证
而时间绵绵不断地指向雨滴
点点滴滴,牛渚矶上的
花蕊与树木都在倾听

出三峡、游洞庭、过扬州、下金陵
一路咏吟着,沿江而下
进帆天门山,回首牛渚矶
寻遍当涂姑孰山水
访问春的来路,诗的影踪

山里的春,总是来得迟缓
有时,你必须叫醒一声炸雷
扼断冬天的喉头,唤春
融化霜雪,春意
才会深入泥土与风

被春天领养的夜晚是多梦的
我必须按住你体内的激情
与一袭月衔天门的星群互拥

在无人相识的子夜,我
只想开一朵素淡的花儿
掬取一捧泉水
足够清白的米粒与一缕清风
寻踪而上
敬献于你,追月而去的谪仙

2017 年 4 月 11 日

与汪伦书

一株桃花,一间酒家
你便诱得谪仙御风而往

李白自青弋江而下
斗酒诗百篇
自桃林涉过酒水
将千尺深的桃花潭水捧赠予你
汪伦,你已算占尽千年风光

谁说光阴不可穿越
一首绝唱,就可穿透这岁月苍茫
站在你我面前

千载潭水的寂与桃花的媚
大自然的歌唱
人生两味锋芒

把酒言欢,你在水岸边
咏哦歌行,一曲古歌
唱彻千尺潭水与万世山冈

友情,是另一种深不可测的潭水
一次诗酒邂逅,便世代传唱
越过天灾、战争与流年
比峰峦更坚固
比青弋江更悠长

2017 年 4 月 14 日

暖意未曾走远

以诗歌的温度
回应时间丰沛的给予
在碧蓝的天空下
我驱车三百里前来拜访潭水
向古岸踏歌的汪伦致敬

时光中,什么都在撤离
不离的是年年赶来的桃花花期
还有返青的山林
与摇曳水草的潭水

寻遍古潭两岸
万家酒店的酒香也渐失古味
李白与汪伦的前世故事
今人已无法走近

我依岸行走。什么古岸踏歌
什么近水楼台
飞鹤已远,南阳古镇
已在光阴中老去

桃花纷飞,潭水入睡
只有那饱含友情与诗情的绝句
尚能唤醒我的脚步
涉足月色花溪

今夜,我独坐月下
反复抚摸那四句温润的心跳
人间暖意真的未曾走远

2017 年 5 月 3 日

只有敬亭山

自从你谪仙来过,余阳西落
众鸟已经高飞,孤鸟闲云
被诗词追逐了一千年
连带着红枫、纸墨与石砚
苍山不远,夕阳无限

苍茫是另一种离情别绪
高过敬亭山峦
潭水寂静,把你的满腔孤愁
湮没。你从高堂退出
随一首绝句,隐入山间白云生处

东临宛溪水,南俯城闉烟市风荷
美太多,大雪无法消受

坐爱山间丛林
你今夜无端从我梦中掠过
像春风,让一潭桃花
在岁月深处停泊

鸟儿鸣啼空山,白雪纷落
我却茫然无措:

"相看两不厌，只有敬亭山"

2017 年 5 月 4 日

与石头的时光比久远

有一瞬，我有伸手去碰触的念头
石头石头，那来自
比亿万光年还遥远的温柔

那天晌午，我走出芙蓉山谷
满眼石头，比罪恶还坚硬
千仞莲峰比李白的诗篇还要悠久

我们除却留下诗句与身影
一切都随风而过

山涧石子上透明的水
在阳光下无声闪烁
五色的光，玻璃的翠
瞬息变幻的金波
千年之前的李白可曾见过

我向李白要一朵诗中的芙蓉
诗仙不语。只好低头抚摸石头

2017 年 11 月 28 日

一朵溺水的荷花

——致敬屈原

江水流了二千二百九十五年
农历五月初五那天我梦见你屈原
你溺在水中,手指头顶
几千年,一动不动

你跟传说中的一样
没有奴颜,也没有媚骨
我们俩一见如故
只是,你在冰冷的水里
我在雕龙画凤的舟中

那一天,只有一朵早熟的荷花
随风送过来阵阵馨香
我们把酒、品诗,无心言欢
眉头的愁结怎么解也解不开
然后,结伴而行
在汨罗江边辗转

你不管不顾地倾诉忧愤:
血书《天问》,写给楚怀王
后来又写给楚襄王
他们都不看,他们都不听

国没了,还要家吗

我还不如跳到江里
还自己清白一生

你真的轻轻一转身
便跳进了屋前的汨罗江
从那一年起,端午才是真正的端午
从那一天起,江水再不平静

渔民们排着队寻找
一条江都没有你的影子
与江为伍的屈子啊
我们年年击水发问:
你究竟在哪一颗水滴中隐身

你任性,国人也任性
我们把还没有吃的米饭
用粽叶包好沉入江中
让一年又一年的任性继续繁衍
让国人生生世世记住
拳拳之心要用粽叶打包
里面装满的尽是匹夫的《天问》

又逢端午,我们把龙舟投入江中
天下之水,都响彻击水的桨声
奋力呼喊中,人人在竞逐什么呢
一朵溺水的旱荷花
瓣瓣依然写着《天问》

我坐在岸上,手执《楚辞》

在五月温暖的风中
一句一句地咏诵
只是，身边的风雨再也不懂

2017 年 5 月 25 日

秋之私语

秋叶,走不出秋风
却走出细雨、腐败与萎靡
停滞在树冠之上
拒绝抵达冬的脚尖

冬的锋刃
极寒

而此刻,我就站在冬的中央
蓦然回首,却见
那片通体黄透的秋叶
悬浮空中

那是秋风喊不出的胸疼
一直喧响于我的头顶

像一朵寂静的火焰
久久
不肯落到地面

2017 年 9 月 9 日

候鸟,从天空飞过

像一粒子弹
击碎玻璃的天空
在秋天,那么多
鸟鸣与闪光的羽翎
逆着风
飞过我头顶

飞过去
不带走泽乡一颗水滴
只带着方向、风声与口令

在空中
无论是人字形
还是弓形
都能击中我心头的隐痛

季节无法成行
所有梦想的温度
只有靠千里徙行来抵近

无声呼喊的疼痛,有的就这样
永远凋零在途中

一个又一个飞翔的部落
向着温暖的深处
振翅比翼的爱像一束束焰火

自然之爱

没有渡口可以停泊
因为爱,就这样飞过
躲过电闪雷鸣
也躲过伤病与人类的猎杀追踪

背负偌大的苍穹
大地在羽翼下飞行

这样壮观的场景
让我猜想我的前生
许是一只候鸟
只是,不知起自哪个朝代
又向着何处徙行

"天空不曾留下鸟的印痕
但我已飞过"[1]

候鸟,从空中飞过
举目追寻,在鸟群一声
紧似一声喊出渴望的鸣叫中
我,突然被一道闪电
击中

2017 年 9 月 10 日

---

[1] 原文来自泰戈尔的《飞鸟集》。

217

致敬大地（组诗）

翻垦泥土的光泽与清香

俯视窄长的塞外平原
我伸展十指
慢慢地打开珍藏在土地内心的长夜
打开坝上月色
与灯火葳蕤的时间

翻垦坝上泥土，小心地
生怕惊扰
泥土下安睡的潮湿火焰

春天在此吐芽
秋天在此结籽
土地在季节里深情地呼吸

草尖的露、花蕾的甜
黑夜的黑与汗水挥洒的盐
即使被千年的尘埃掩埋，泥土
也依然散发着湿润的光泽与清甜

坝头，秋风吹过
田垄干枯，树叶红透
那些真正甜蜜的日子

如同归仓的五谷
已经深埋在岁月的暗处

大地滋养的谷物与树叶的血脉
一万片狂风也无法掳走

2017年9月28日

寒露以下,坝上秋色如炬

秋风之下,寒露渐起
坝上的黄与红
穿过泥土、石头与根茎
一个劲地
向千万片树叶奔涌

夜色潮退
黎明的七彩之虹
横陈在坝上起伏圆润的草坪上

坝上大塬,秋色之梦
万马策风奔腾
水花四溅
秋色一片寂静

塬上突围的金
是白桦树喷薄的豪情
垄上追逐的叶红
是金枫裸露的一腔赤诚

寒露以下
一股无法按捺的激情
在坝塬的深处汹涌

水光照耀
坝上秋色迷乱行旅眼神
风起,诗生
有人高处放歌
头顶,静止的有三五朵彩云

坝上之秋,是大地最好的诗人
一匹白马,两株白桦
一袭红裙曳动

2017 年 9 月 27 日

大地诗人

动词、名词、修饰词
甚至花草、露珠和星星
都会成为你的子弹、火药和军械
你的百万雄兵

你以将军的智慧密谋
在子夜时分
有节奏地整编着,一首诗
温情的,铿锵的,悲愤的,壮丽的
像一支支组织严密的队伍

从午夜出发
越过坝上沼泽、峰峦与丛林
在黎明前降临

一道光,从石峰笔立的峰顶
俯冲而下
迅疾而无声

大野之上,一片肃静
只有风

鸟群醒来,花朵醒来,泥土
在晶莹的露珠下醒来
一支诗的部队
在蓝溪浣纱姑娘的明眸中醒来

石砧捣衣,仄平仄平仄仄平
惊醒一溪鱼群
所有的词语以风的形式
在山涧飞舞、欢鸣

峰巅之下,大地流金
晨曦中的诗人
以土的姿势君临
大口呼吸着远古的风

太阳从金红的树梢升起
雾岚散尽
所有的树木静立,林间的生灵

在诗里行间
敏捷地跳跃、穿行

语句散发芳香，诗
与大地一起
在马蹄声中苏醒

　　　　　　2017 年 9 月 28 日

除了我身后的时间

雨天。持伞人纷纷走进地铁
这些相似的面孔
让我忘却这是哪一座城市

握不住的花瓣
一截诗,停在雨里

匆忙的早晨,时间比地铁还快
有人撞到了我
我停顿一下
看看是否遇上熟人
这年纪,认识的与不认识的
都很相似,要做的是
尽力忘却一些

记住一些尘埃,同样需要很多力气

我握着书,没有打开
好像看到一双熟悉的眼睛
我笑了一下
没有词句遗漏下来

这是一个很小的细节,小到
没有人会注意,我的书

已被随地铁
呼啸而过的风声打开

地铁，从眼前开过
无人肯停留
除了我身后的时间

                    2017 年 10 月 21 日

面对秋天的田野

坐在高粱地的高坡之上
风,吹动头顶的白云
我,独自向晚
看高粱低垂
看满山柿子赤裸透红

田间的乌桕树叶已从根部
一直红到孤寂的树顶
大地呼出的一团团热气
都被深秋的温情打动
风中枫叶比心脏的血更红

晚风裹着尘世的味道
云的味道,高粱与玉米的馨香
风吹谷穗的沙沙声
非常好听
在田野,升起又落下
一阵接连一阵

把丰盈的秋,引到低处的宁静
霜降草尖,夜色晶莹
越来越深的秋
开始走向山谷的中心

此时，我只想握紧一穗高粱
嗅着谷物和秸秆的清香
温上一壶淡淡米酒
与月亮对饮

让一些温暖的词句
都汇聚起来，在朗朗月色里
一起上升，上升
多少年之后，再一遍一遍温习
那个停留在远方风中的诗人

2017 年 10 月 25 日

深秋抑或初冬的黎明(组诗)

NO.1:晨风,在九华的山风里行走

一团风从另一团风里跑出来
许多风推着雾
占领九华的清晨

云朵在天街的清风里行走
内心的霞光掩饰不住
百岁宫的油灯,喂养着锋刃

地藏王的精髓太重,一腔血气
在岁月里隐姓埋名
躲在一阕佛经里
让晨钟与暮鼓咏颂

山谷雾岚升腾,人间仰望的仙境
那是行走香客心头的雪,游走四方的梦
如穿行在林间的清风

晨风已熄灭九华的街灯
初冬的寒潮涌来,五彩的黎明
一下子把群峰统领

NO.2：秋枫是九华燃烧的血液

一股风送来冬的消息
按捺不住秋枫,热血上涌
把整个九华的秋天染红

这个季节,谁都可以
挂上秋天的名分
再温柔的风,也只能叫秋风

秋风这把扫帚
不知由谁人掌控
抚过涧谷
扫过九华簇拥的群峰
留下一万片黄的叶、红的叶
抱拥在山风的怀中

等待,去温暖已迈进
九华山口的初冬

NO.3：阳光是冬天最好的情人

阳光又把九华抬到我的胸前
九华山,我知道你
有上千年佛缘的体重
秋风柔弱无力
只有阳光,可以把你唤醒

阳光是冬天最好的情人
初冬的风,已把九座山峰
吹冷,吹软,吹轻

吹出一团团的娇黄与深红

游人与香客云团般拥进
不知谁轻轻喊了一声
阳光便伸出手
一把将初冬的晶莹抱紧

秋天已走,我把秋的魂
安放在枫叶的心中
只是心存一丝牵挂,不知今秋
九华后山那朵娇羞的雏菊
明年,会开在谁人诗中

NO.4:尘世,从一朵花的世界路过

一

在我来之前,只有风来过
还有时有时无的光与雨
风声裹挟的花香
是这片山涧的流行语
风尘仆仆的尘世偶尔误入
无法了解花的名字

青苔、松涛和山溪
是花的好邻居
花,是大地明媚的容颜
与天气和季节有关
我,来与不来
花朵,其实并不在意

二

路过花的世界
我与尘世,皆是匆匆过客
泥土才是花的伴侣

从蓓蕾、怒放直至凋谢
风,一直依偎在
花的身边。我,来与不来
花都保持原有的姿势

三

那一年,我
从花的世界走过
我看中含露的那一朵
今年,我再也没有遇见

明年,花开在哪儿,哪儿
就是花的世界,明媚的
笑,我未必能
再次遇见,在九华山顶想到你
一年至少一季

我从花的世界路过,尘世
和我顿时变得
比花香还轻

带与不带走花的香气
花朵真的并不在意
我与尘世只是路过而已

NO.5：一朵野花的情义

一朵没有名姓的花儿
开在季节的风里
寂寞的夜里，寂静地开
冰凉的露滴里，用
香气取暖，不求月色下灿烂
只要盛开，温柔地开

尽情释放生命里的香气
身为一朵野花
也要说出对大地的情义
伸展火红的唇瓣
毫无顾忌，不畏冷风冷语

别去留意枝头的果子
结与不结
都与花无关，一朵花
无论是生长在野外
还是站立庭院
默默地开，静静地谢
一季一盛，一开一落
只是路过，路过
也不带走人间一丝暖意

2017 年 11 月 19 日

注：这组诗是在夜宿九华山顶朋友的小院写就的。上山时，盘山路边的枫叶红透，秋色迷人，而次日上大天台却看到满山头的冰挂与雾凇，呈现出一片冬天的盛景，一山秋冬两季并存，遂把写就的组诗命名为《深秋抑或初冬的黎明》，此记。

九年之忆:龙山风水与高速公路

我想找一个地方,建一座院子
院墙外最好有山,门前最好有水
左手,应该有可以耕种的几亩田地
至于前方,必须有
一条平坦公路,与世界相连
车来车往,日夜不息

那年春天,我正好
调往一个有码头的新单位
正南方是日夜东流的长江水

第一个周日,我与新同事们去了秀水苑
打牌,喝酒,晒着太阳钓鱼
我是自费请客
我很安心,同事们很欣慰

九年过去了,九年之忆
我除了记得烤鱼好吃
还记得为大家拍了不少照片
有几位小青年在花丛笑得妩媚
至今,还储存在时光里
一起留下的还有
年轻的岁月与我的题图照片

那年拍的照片
都与嫩草一样新鲜

我哪儿都不想去了
就想住在这叫龙山凤水的地方
在那儿,写几本书
新诗,絮语,小说与颂词
种几亩菜:南瓜,青菜,豆荚
听几声鸟叫
斑鸠,山雀,画眉……

还有满园火红的柿子与柑橘
种在山坡的正南面

山里的夕照真的很美
我在小院里
可以尽情欣赏日落霞飞

如果,真的闲下来
老了,无所事事
就让我坐在青砖黛瓦的屋檐下
欣赏着墙砖上
那些有自然奇幻花纹的横切面
每一条脉动的纹路
都有它蕴含的生命意义

在寂静的水声中
看路上飞速穿梭的车辆
替我复述

我一生高速奔波辗转的苦楚
和思考快乐的滋味

山里的水
与世外的水真的相连
波光粼粼的静水
也会思念太阳五彩缤纷的光辉

2017年11月29日

注：我过去的单位就要整体搬迁了，从城市下游搬到城市上游，明年就要投入使用，过去的同事有不少也去了新单位。一日，我去了新码头建设工地，构局宏大，热气升腾，令人浮想联翩。可我还是怀念那船形办公楼，那落满黄叶的栈桥，有月季和荷莲盆栽的一条条趸船，还有那些曾经熟悉，现在却渐渐陌生的面孔。

九年之忆如水，潺潺不断，不竭。

我只想写下这些，就这么简单

我只想写下这些，就这么简单
在这冬天的斜阳里

我想写下一条穿越时空的东去水
就像是城南的扬子江
我曾在它的怀弯安度了六年
我想写下一座安静如斯的骨质山
就像是城北的大龙山
我现在就背靠在它火烧岩的肩胛前

我只想写下这些，厚厚的一本本日记
五十沓，蓄满岁月的葱茏滋味
点点滴滴，只要一回首
就能清晰可辨
一些人，几朵花，一树风中秋叶

我写下我逝去的青春
那些精短的格言俳句，不曾示人
但在时间的流逝中
已经与岁月结二为一

我写下追逐的年轮
　　　　寂静的尘埃
与河水怀拥的乳白色浮云

我只想写下这些

没有什么以及为什么
一切，就这么简单

我写下我全部的道路，我曾经的
一段又一段难忘的经历，我
像一只巨型的苍鹰，穿过南方雨水
从阳光的巢穴里俯冲而下
在薄云寒冷的缝隙里
磨炼着冰冷的喙尖与风中温暖的羽翼

就像这空中之鹰
丝毫不隐藏自己的行踪
高亢鸣叫着，声震群峰与山谷
但却要隐藏自己羽翅下热血的精魂

鹰，俯冲着，一幅画展现在大地的眼里
天地精气聚拢
一切幽暗正被皎洁的月色吹散
我写下我所有的梦呓，一团团
如江南的雨雾氤氲
但却布满我清晰的足迹

我想写下苍茫，大地
却闭上双眼

我只想写下这些，不为其他
我知道，最简单的生存，却因此
会变得诗意隽永

2017年12月10日

我想对新年的曙光说

我对远方的新年说一声,你好
那里红枫如火,水滴寂静
那里有纵身而下的瀑布
和飞溅的鸟鸣,斑斓的丛林
与岩石身后的满天霞云

远方,你好
我只轻喊一声,就仿佛
看到了悬浮的丛林黎明

只要日月高悬,天空澄明
我的眼睛就是明亮的
我不在乎远方,你究竟有多远
不在乎你有多少秘密的纵深

也不在乎你的身后
还有那么多的起承转合
那些都是我梦想坚实的一部分
诗的核心,温暖可信。曙光
没有什么可以阻挡你光芒的挺进

其实终有一天我也会成为远方
2017年就这样分秒走尽,新年的曙光
已在远方启程,我听到了

时光的天轮碾过茫茫苍穹的声音

未来的一切，其实没你想象的
那么高，那么远，那么深
也没你想象的野兽出没、坎坷纵横
可能还有鲜花怒放
清风相迎，大道之上
还有一串惊喜凌乱的脚印

2018，只要我说出你好
就等于安排了一朵云
去接引新年的钟声

未到的新生黎明，如果你开心
想下雨，就雨打石阶
想落雪，就漫天缤纷

在尘世，新鲜的霞光
其实，比什么都美，更适合我
一个人于静夜里长久地遥望
像遥望一场美好的爱情

2017 年 12 月 31 日

你就一直守在这山口

在我到来之前,你先于我抵达
矮小、瘦削得像草,却真的
是一株树,一株守住豁大山口的树

时常有豁大的穿堂风,雨与雪
你,选择站在这豁大的风口
忍耐着,吹弯了腰
必定有你自己的意味和理由

旷野辽阔。你本可迂回进山里
与草木为伍,花开四季
你独自孤零零地守住山口
究竟是谁的旨意

不言不语,无花无果
只有春天叶绿,我才知道
你真正地活着,孤单得
脚下只剩顽石,没有一星草棵

缄默的根,就握紧了深处的土
哪怕再孤独,也要守着你的坚守
从骨头里蔓延,由内而外的
一年一度的绿,是你
留在这尘世的魂魄

少年时,我无所顾忌扯爬上你的树头
飞鸟们逃亡虚无处,在垭口
留下豁大的孤独

满天放纵的是翅膀,而我却渐行渐远
独在异乡为异客,无人可想时
就想你,山口的这棵树

你就一直守着故土,无须日夜思乡
根须全扎在土里,背着身
立在野花迷乱的山坳,守着故土
代替我

2021 年 7 月 23 日

再遇瀑布

在星空之下追着山歌
听力能走多远,你诗意的
想象力就能走多远

再遇瀑布,在群峰间,在断崖处
这一条自天而降的路,人间的
河流在绝处,走到了尽头

水,奋不顾身地俯冲而下
于是,就有了银白的亮,訇然的响——
河流的涅槃,水的绝唱
大瀑布呵,用它悬挂千仞的声音
把隐藏的大好山河唱亮

大瀑布,用它悬挂着的轰响
在我的心壁上敲打
撞击着崖壁千年虚空
訇然作响
我唯有驻足,仰望

我所有的空,和灵魂的遐想
是流动的,奔突的
但超越不了水,那些躺平的河流
在阳光下闪烁着岁月的质感

忘却涅槃的疼痛
波光粼粼地泛着光芒

2021年5月6日

秋后的大地,并非一无所有(组诗)

没有什么能战胜夜色

夜,你是走不进去的
夜,都从脚底升起

夕阳从山顶匍匐着西沉
夕阳那边传来钟声
从头顶上飘过,像一丝丝松针
是的,像落叶归根

没有什么能战胜夜色
除去头顶的星辰

独爱

我独爱那群峰之上的寂静
沿着月光险峻的小路
昔日逝去之物正在回归,聚拢
有谁忍心去将他们惊动

黄昏的滑雪板擦着头顶飞过
恋人们,沉浸漫步在秋的中心
秋后的大地并非一无所有

落日西沉,季节守护群峰
唯有秋夜温柔沉静,将万物收容

旋涡的别处

一切就这样静静流过
从高原神话到平原的庸常
云朵平躺在水面上,与水浑为一体
像一只只濡湿的羊肚

我坐下,在无边无际的光阴里
细数日子,悲伤一下子
就像旋涡样涌了上来
我不由自主地想:有什么经过了我
带走了我,又流向何处

每一个活着的都是旋涡
它们甚至带走一团团的无辜
生,有无数个日子
而死只有一次,绝不重复

我是谁?反正,我不做旋涡
世界在我的四周旋转着
它必须经过我
才能到达想去的别处

2021 年 10 月 23 日

天空下的河流(组诗)

总有条河流牵引着我

被一条河牵引着
我颠簸着向前,前方有多远
我的梦就有多远

我们的船总向着低处
在低处,江水在推波助澜
低处,有江鸟划过水面
船上空有风,却没有一挂
穿越远古的桅杆

我们已经摆脱了动力束缚
江上,有江鸟从孤峰飞过
更深处,有静水潜流
我始终活在水的上面
浪花是江的笑脸
我有时不知它在为谁代言

总有一条河流牵引我
总有一处废墟,让我们回望
高过一切止于远方的苍茫
总有一些高处,高于我的想象

我们的目标是正前方
无关帆,无关顺风与逆水
也无关何处是远方

       2021 年 8 月 8 日

听水

一个坐在湖边听水的人
这人世,还有什么
比这更值得他心动

姥山,是巢湖中间的一座岛屿
干干净净的,端坐在湖心
像他逝去的母亲,清风一吹
湖水便波起浪涌

他真的很羡慕湖水
能日夜怀抱着那岛,风一吹
便微笑,像水一样
自在地轻言轻语

       2021 年 10 月 23 日

我喜欢无人认领的溪流

我喜欢无人认领的溪流
那里,有空无一人的丛林

喜欢爬出地面扭曲向前的树根
岩石上的苔藓告诉我
我是这林中唯一的人类
鸟鸣中异常清醒

我喜欢花香像溪水一样湮没我
喜欢清晨的阳光穿透林缝
把偌大的森林劈成两半
而我,就始终站在光明的一边
缤纷落叶如彩蝶飞过头顶

2021 年 10 月 24 日

瀑布

瀑布,水滴和沫子混淆成河流
轰鸣着,自天而降

粉身碎骨的生
视死如归的死

水声,呼应风声
悬崖是河床,水的命运
与山河共存。山涧呼吸的彩虹
气象万千

瀑布,是我们
正在成长的榜样,透明的水
是张开的心脏,而瀑布的

魂灵是水轰天的鸣响

烟波没有浩渺,只有
战栗起伏的心声
悬崖之上直线坠落的目光
让水花迸溅,如烟花四放
没有退路的河流,借一壁万仞悬崖
涅槃

2021 年 11 月 9 日

遇见李白的山山水水

NO.1:诗歌的温度

我不得不对你表达敬意,芙蓉峡谷
是你,用山水征服了诗仙
即使我卑微的灵魂
也追不上这诗意不朽的速度

沧桑的手,抚摸着这千万岁的石头
风,曾经用诗的荣耀覆盖山谷
即使那些现世清溪的锦鲤
那朵曾经的梨花
在山谷间,也都在等待谪仙诗歌的温度

请把我覆盖吧,以诗的名义
用那峡谷上空倾泻而下的阳光
用那山涧碧绿如翡翠的溪流

NO.2:不死的歌谣

那松叶间散落一地的童谣与山歌
与山风和溪流一样恒久
从梦到梦,从石头的静寂到静寂的石头
从雨水到水流,从呼唤到山歌

结满白霜的歌谣，诗意温暖如初

我晚归的足音，踏着山道余晖
把柔情注满峡谷
寺中油灯，风中摇曳的夜歌

我要致敬这李白宠幸过的山谷
他让花朵绽放，让石上的青苔有了光芒
夜有了梦，山水有了明媚的笑容
一条峡谷在璀璨的绝句中存活

NO.3：芙蓉谷的石头

这山谷间，最干净的东西
不是水，而是水中的石头
涤尽所有的肮脏与懦弱
这人世最干净的人肯定是你
如果你是那水中翻滚了千万次
依然坚硬的石头

石头在山河间得以永恒
如果你不想死去
就把自己想象成石头
在群山里好好待着
在河水里静静躺着
成为支撑这一片山河的肋骨

NO.4：或许我就是那团石头

用溪流的波光敲击石头
它一声不响
巨大的身体里藏着不可预知的灵魂
绿苔加身，它不会喊冷
浅绿或深绿的潮湿
完美地掩饰了它沉稳的内心

在这个阴沉沉的下午
我仅仅凝视了一小会儿
就立马转身

或许我就是那团石头
用千年的沉默代替了行走

NO.5：苔藓万岁

在黄山的暗处，这些峡谷绿色的精灵
一直不放弃宣示主人的权利
有水和阴影的地界
它们都会用弱小的绿意去占领
在硕大冰冷的山石上，甚至树干上
用柔软的身子和花朵去说话，去覆盖
它们的声音纤细而有力
让整个峡谷的寂静都活了过来

2021 年 11 月 6 日

节气辞(组诗)

立春辞

每年节令最先冲锋的,就是你,立春
你轻轻一声号令,绿便开始汹涌
汹涌的绿,铺天盖地
按捺不住滚滚而来的雷声

无视俄乌战端,也不管
那鲜血淋漓的中东,更不会在炮火中
凋零。总在前头等我的
是那早起的阳春,奔跑的娇喘
与花容,翻越万千山水
黎明里,行色匆匆

细数这些节令,我唯一屈服过的
只剩下,这眼前万般娇媚的春
看一帘柳芽越织越密,密到
添一个词,就能填满我的灵魂
密到天地俱静。在唇间,在词里
悄无声息,花开芳容

雨水令

越过万物闭藏的寒冬

抚触草木温柔萌动
雨,降临

今又雨水,雨水
这润物无声的雨水
裹挟八方生机,在节气运转中
悄悄地抵达万物之根

滴滴答答的雨声,把雨滴揉软
揉入时节自有的序轮
风,拥抱着雨
喜看丝丝春雨纷飞
花树泛红

在这湿漉漉的节气中
万物突围,从静默一冬的蛰伏中
呼应春天秘密的指令

惊蛰辞

在冬藏万物的雪下,霜中
蛰伏难耐的一声春雷
被春意惊醒,绿,刹那间
奔突着,无声地轰鸣
瞬息,遍山遍垄

启蛰,汉景帝避讳不及
而百虫却在沉睡中苏醒
大地驱虫,灸灸艾草熏香朦胧

惊的不仅仅是蛰
而是万物春梦

芒种令

像麦子一样弯下腰身
成熟是一种虔诚
芒种在布谷鸟的低鸣中抵近
在硬涩的夏风中鸣叫着
不停息,如潮汐,波起浪涌

像麦子一样弯腰
又挺直起腰身
就像海,潮起潮落
这样我会不会分清敌友
渐自在芒尖上孤独地高耸

这样,我会不会柔软地
从芒种出发,日久,夜长
把我的悲伤和梦汲取
一半做诗
一半做成纯洁的夜梦

白露辞

多么好的名字呀,白露
好似奶奶在说:
多么好的姑娘啊
落在安静的温润里

孕育着多么好的时光
露凝白,秋水寒
雁阵横空,南迁忙

露从今夜白。到了晚上
草尖上一片白花花的月光
轻披在你的身上
在风中摇晃
然后,是身后淡淡的桂花香
和不动声色的秋凉

霜降辞

在节令未来之时
我便蘸着晶莹的晨霜
在透明的天空中写下:
露寒为霜,柿子已被寒风羞赧

鸟在笼中,人在人间
季节,在轮回,在呢喃
一朵霜花开在酣睡的马尾尖
另一朵,印在带波纹的水云间

有人手指远山,层林尽染
霜语无限:色彩斑斓的叶片
渐自落向烟火气的人世间
霜自月下白,节令寒意渐重
而此时,万物寂静,一片晶莹里
深秋,最后的一丝甜味

正被降霜浸染

大雪辞

摘去所有的花瓣
花托像一枚坚硬的铭记，藏住
一树花瓣所有的心事

花枝如一道黑色的闪电，划破天空
想斩断如期而至的北来寒意
临摹一棵花树的季节

而大雪将至，所有的风都如刀般锋利
冰冷且坚硬，如一纸否决的决议
横扫大地

但，总有几丝春意能绕过风口
如暗燃的星火，燃烧着雪
却又依偎着雪，然后静静地
温习着春的花事

冬至辞

这是一个静默的季节
连远道而来的风声，也都收敛
越过往日嚣张的芒草
我清点着躺在诗集封面上的落叶
忘记了，我该用怎样的怀抱
迎接寒气袭体的严冬

我对寒意的畏惧与忧伤
犹如子夜风霜一般刺骨而明亮
而此刻,寒流凛冽突袭
自北向南,向南,横扫大地
冬,来临

想家的人就这样围坐着炉火
思念远行的满面风霜的人
我心怀敬畏,以期冀与虔诚
等待一场大雪
掩埋大地辽阔无边的躁动
还天地一片银白的安宁

2021 年 12 月 3 日

我们必将有所怀想（节选）

一

点亮往事的灯
停泊在岁月的深处
一直闪烁着温情

胸间记忆的小石子
已在悠悠时光的蚌壳里
像珍珠钻石一般
珍藏着远走的青春

我们想念一个地方
因为这个地方
有我们思念的人

我们怀念一段时光
因为，那段时光里
有我们共同的青春之梦

虽然，我们当中
有的已经走向诗与远方
在大洋岛国的草地上仰望星空
有的隔空相望
倾听着大洋彼岸的蓝色涛声

自然之爱

有的,已在各自领域
走上事业的巅峰
有的已儿孙绕膝
正享受人生第二春
有的,甚至毕业后就不曾见面
只记得青春年少时的声音与面容

可,不管春光几度
秋风明月几轮
许多年以后
我们发现自己依然相信
每个人的内心
都有一座神圣的后花园
草坪四季翠绿,花朵日夜茂盛

二

那一座座美丽的后花园
只要一经晨风打开
便会呈现一件件
珍藏的秘密风景

各自都拥有
对方花园飘落的花瓣
成为对方花园的一株树
抑或是一片隐秘的花丛
积攒着对方记忆的碎叶与星星

与不老的青春一起

珍藏着怀揣一生
虽然，自己可能早已忘记
那些过往的青春印痕
可在朋友的记忆中
仍像带雨的花蕾一般清新

三

毕业时，我们是
一群飞向天际的小鸟
振翅奋飞，直奔自己理想的苍穹

而如今，思绪犹如
石门湖畔返林的鸟群
又欢鸣着，盘旋在辽阔晴朗的天空
回忆过去时光
内蕴的无邪与欢欣

守候在蜡烛山下的枫树林
像被秋风点燃
片片红叶依稀记得
当年校舍后山林中
那一个个成双结对的丽影
那花草丛中
随风摇曳的青涩爱情

四

同学们，你们曾记否

那干涸的石门湖床上绿茸茸的草坪
那光脚踢球的兴奋与疼
还有那清晨校园清脆的鸟鸣
伴着我们朗朗的晨读声

曾记否,那教室里同学们学唱的歌声
那一首首优美嘹亮的合唱之声
伴随我们走过
多少轮风雨春夏与秋冬
还有那球场上的奋力比拼
力夺冠军的青春身影

五

是的,我们就是
那一阵阵穿过校园四季的风
明亮的风,奔放的风
从乡野吹入都市街巷
热情如火的风
不怕雨打霜欺
永远像阳光一样温暖而年轻

不管岁月多么久远
能听到风声的人就是缘分
久别重逢时,还能
相互听懂风声的人更是幸运

风声中,时光之马纷纷渡过潜河
随记忆远走,没了踪影

风声中，鬓发斑白的人
越过江湖山川与蔚蓝色的海洋
回眸相视一笑
青葱水岸，百合花开
彩霞顿时铺满长空

六

我们是那个年代特殊的一群
逢遇上时代的幸与不幸
生命需要温暖的注入
让心火或者人生江河自然沸腾

人生需要某种仪式
庄重的承诺
沿着历史掌纹的走向前行
温柔接纳所有的伤与痛

以原上之草逢春不死的精魂
质朴向上，在风中
无限接近不老的暖阳和万里晴空

七

而今天，我们年过半百
仆仆风尘之后，想静心停一停
让灵魂像栖息的鸟儿
停留在岁月最柔软的丛林

我们一起来梳理
后花园里的阳光与风景
一起来细细清点
记忆里的小叶片与萤火虫

温暖的,明艳的,金黄的,疼痛的
自豪的,羞涩的,懵懂的,欢快的
也有的,早已在
相视一笑的那一瞬
暗自从心底温暖升起,在眼眶湿润

八

岁月不曾老去
你我也不曾离分
少年的梦,少女的情
依然闪烁在真诚坚定的眼中
虽然,这开心的笑
镶嵌了岁月馈赠的皱纹
我们必将有所怀想
虽然,我们已不再年轻
可我们有永远年轻的不老青春

重逢时,可以忘却年岁
可以一起调侃
一起追忆
一起共同举杯
一起呼叫各自的别名
然后,一起展露纯真与笑容

九

人生之树,有无数片叶子
有的落入他人庭院
有的已随风四处飘零

只有把珍藏的汇集在一起
你的岁月才会完整
你我是相互支撑的生命
用心拂除尘埃
依然与往日一般清新

十

假如,有一天
还有一人能移动照片中的我们
同学的我们
将会缩成记忆的恒久集群

无论是哪一个人
请记着
请你一定要记住
像胡杨一样顽强地挺立
展现霜降枫叶喷薄的金红

因为,我们都坚信
你的年龄
就是我们团队的最终年龄

你的梦将延续

我们班级所有人的梦

因为,我们依然坚信

待到百年归老处

回眸望,后花园的上空

定会布满一群闪耀不灭的星辰

2017 年 10 月 12 日

附录

游走在冰与火之间
——黄德义诗集《季节深处的呼喊》读后

聂 茂

我与德义兄是1989年在鲁迅文学院读书时认识的。那是一个充满激情又满怀忧伤的年代。一场无法预料的急风暴雨之后,天空残存一道彩虹,大家卷起铺盖,很快作鸟兽散。我随后去了复旦大学,德义兄则回到了原来的单位。此后20多年,我们从未见过面,但断断续续从好友苏北那里听到他的一点消息。后来有了微信,看到德义兄比较活跃,热心张罗,也由此了解了他更多创作与生活上的事情。

大约是一年前的某一天,德义兄突然跟我说,他要出本诗集,想请我写几句话。他大约知道我忙,说了后并未立即将诗稿寄来,我以为他只是说说罢了。但是不久,他真的将诗集《季节深处的呼喊》电子版发给我了,版面排得整整齐齐,看得出已经做了充分的准备。但我并没有贸然答应。孟子云:"以友天下之善士为未足,又尚论古之人。颂其诗,读其书,不知其人,可乎?是以论其世也,是尚友也。"孟子的"知人论世"是为了"尚友古人",即对诗歌的评论,最好联系作者的身世、经历与时代,这样可以更好地认识其作品的价值和意义,同时也是对被论者的一种尊重。

大约隔了半年,我基本上忘了此事。突然有一天,德义兄再次在微信上留言,希望我写几句话。我顿时不好意思起来。同学之间,虽然交往不多,但人家信任你,要你为他的诗集写几句话,写好写歹,全凭你的判断,有什么关系?

于是我抽出时间,断断续续地看了他发来的诗集电子版。读完后,感觉德义兄写诗游走在冰与火之间,率真而为,从不玩弄技巧,跳动在字里行间的是一颗赤子之心。可以说,这部诗集为我与德义兄在精神空间的重逢与交流提供了一次珍贵的机会,也让我对他的生活、经历、追求等有了更深的了解。

德义兄的诗集《季节深处的呼喊》,由《格物之调》《杧果之昧》《大地之疡》《自然之爱》四辑组成,作者在四辑的内容编排上各有侧重:第一辑着重于人与物的交流对话,通过具体的物象隐喻、象征这个世界的玄妙哲理,以及抒发怀抱;第二辑充满了青年时代的爱慕狂歌,流动着浓厚的感情质素;第三辑着重通过真实的历史事件与活用典型人物来发泄内心火一样的愤懑与激情,大胆冷静地向现实世界与人的本性高声发问;第四辑则多从一名游客的视野出发,字里行间充盈着对自然的赞美,取材融古今于一体,精神上物我两忘,诗意无穷。这部诗集长短诗总计一百二十多首,其中最让我心动并引起我情感共鸣的是第三辑和第四辑,德义兄的书写几乎达到了诗意、辞采、情感与哲思"四位一体"的高度融合。

一、人性深处的炽热发问

明代诗人谢榛在《四溟诗话》中写道:"赋诗要有英雄气象。人不敢道,我则道之;人不肯为,我则为之。"强调诗歌应该具备豪迈的品格、宏大的气魄,敢于揭露问题,指斥时弊。而在德义兄这首《雁领死后》中,能清楚地看到他对古代中国传统劣根性与奴性意识的有力抨击。请看这首诗:

兴许是他老了,老得/已读不懂天空风流/在啸音和雁们浓烈的仰慕里/眼力,不知何时已经锈钝/错误地将一个飞翔的群落/弃于沼泽——四野空茫/却把自己交给落霞/连同那梦里闪烁的南方

拥有五千年文明史的中国,"天下之事无大小,皆决于上"的人治观念早已浸入骨髓,以至于每一个封建王朝如想兴盛,则势必要有一个极具威权、说一不二的人登临帝位,否则就会陷入所谓"群龙无首"的局面而走向四分五裂。正是在这种追随核心、俯首听旨的思想的浸染下,古代上至达官卿相,下到贩夫走卒,都变得特别容易附和大流,从而失去作为个体的独立性与创造性,变成一只昏昏欲睡、黯淡无光的所谓"合群物种"。这种现象,可

谓封建时代极具标志性的印记,鸦片战争中以坚船利炮轰开中国国门的西方侵略者眼中"精神颓圮、缺乏创造力,只知盲从听命"的中国人画像即是例证。

而这首诗中的大雁,便可以视为古代君王的象征,它深受雁群的仰慕与爱戴,浑身闪烁着智慧的荣光,但在岁月的侵蚀和生理的衰朽面前,到底败下阵来,在临死前将这个以它为信仰的群落带到了充满腐烂、残破气息的沼泽地,这对这些成员来说不啻晴天霹雳。巨大的困惑与彷徨,显露在密密麻麻的脚印之上。这些早已习惯追随领袖轨迹的大雁,向往温暖、舒适的南方却苦于找不到方向,似乎只能通过诅咒那死去的雁领来发泄内心的愤恨与张皇。然而上帝是虚无的,诅咒是无用的,在它们身陷险境,惶惑与痛苦达到临界点的那一刻,终于有成员突破了思想的桎梏,眼睛里迸发出消失已久的火一样的光芒!

辗转于沼泽的最大悲哀/仅仅是雁领之死、雁领之错吗/所有的眼睛在沉思中转动/那饱蘸鲜汁的太阳/在南方头顶悬着/那垂柳飘飘的湖泊/在南方空中扬着/长天无云/沼泽嘎嘎有振翅之声

失去依靠之时,身陷绝境之际,往往便有新的生机在孕育,实现自我突破的那一刻来临!这首诗以物喻人,深刻剖析了我们人性深处的弱点。

二、古今之间的诗意徘徊

在处理现代与传统的关系问题上,不少人认为现代主义应当具有强烈的反传统和创新意识,这意味着对古典主义的超越和颠覆,甚至显出了决裂的味道。但20世纪英美现代主义文学泰斗T.S.艾略特在《传统与个人才能》一文中认为,现代诗人应该接受传统的滋养,对传统不能采取无视的态度。他提出了一种共时性的传统观。在德义兄的诗作中,便充分体现出了现代与古典水乳交融的特色,他不仅擅长运用富含现代性质的隐喻与卞之琳《断章》式的"装饰"手法,而且取材广泛,融通古今,字里行间显露着清晰的中国古典文学的痕迹,读之既新颖又亲切。沈天鸿先生在评论德义兄的诗歌时曾精辟地指出:"他的一些诗明显地具有中国古典文学的色彩。"

例如,德义兄在《湘西诗行(组诗)》中写道:"人一来,花就笑了/花一开,风就香了//这驿站,又有谁能久候……"花朵象征着未被世俗玷污的美好存在,它以纯真的笑容迎接我们这些初涉此地的游客,花是热情的,掠过我们指间、发梢的风也附着了它的香气,这一人与自然和谐交融的境地被德义兄用近似呢喃的语气十分自然地展现于笔端。这不由得让人想起崔护那首脍炙人口的《题都城南庄》:"去年今日此门中,人面桃花相映红。人面不知何处去,桃花依旧笑春风。"两者笔下的花都富有灵性,闪烁着感情的暖光,读之清新悦目,毫无雕琢晦涩的痕迹,可谓干净利落。

再如,诗人在《致敬李白(组诗)》中写道:"谁说光阴不可穿越/一首绝唱,就可穿透这岁月苍茫/站在你我面前//千载潭水的寂与桃花的媚/大自然的歌唱/人生两味锋芒……一次诗酒邂逅,便世代传唱/越过天灾、战争与流年/比峰峦更坚固/比青弋江更悠长。"这首诗明显是从李白名作《赠汪伦》中化用而来,却又于浓浓古意中将自己的友情观清晰地展现出来。《赠汪伦》原作为李白对汪伦盛情款待的感谢,而德义兄别出心裁地使用了"潭水"和"桃花"这两个客观对应物,分别指代人生的寂寞遥深与红尘的五光十色,而友情的存在隔开了寂寞与喧嚣,确保了人类精神的鲜活。我认为,德义兄秉持着这样一种观点:只要诗蕴真情,便能连通古今。他认为真正久远的友情是不需要高声歌颂的,它可能只是一次高士间偶然的邂逅,便在刹那间定格成永久,纵经天灾兵火,千载之下,仍传唱悠悠。

身处五光十色的花花世界,德义兄的内心深处始终拥有着一片精神后花园,那里盛开着他少年时的记忆,也生长着他的文学情思。这片精神后花园的存在让他以一种超然高雅的姿态徘徊于青春与古今之间,外界的俗务始终无法侵扰他。比如他在《爱与九节灿烂的夜色》"第一夜"中写道:

街,像一小片被湮没的海
空气里光线折射的色度近乎妩媚
一只绿孔雀来回踱步
火树林立,烟雾升腾
游目四顾,什么都看不见

只是闻得草原上永不停止的马蹄

　　把那些断章的词句堆砌在一朵白云里：
　　有一种海上生明月的心情

　　此时，却天涯不共

　　作者明确地将这组诗命名为《爱与九节灿烂的夜色》，开门见山告诉读者，这夜色是与爱情天然地联系在了一起。品读该诗，作者将街比喻成"被淹没的海"，这一点初读似乎不通，细读之下才发现，作者是将夜色巨浪化地呈现在读者的视野里。我们都知道夜晚的海洋是漆黑的，冷峻得泛不起一丝波光，只有天穹上几许星星能在这黑暗中留下几许光明。在这一设置下，零星闪烁着光芒的街道顿时拥有了大海一样虚幻缥缈、虚实相间的朦胧感，就连光线的折射都是旖旎的，带着浪漫的味道，象征着"白头偕老"的绿孔雀在袅袅的雾气中独自徘徊，作者什么都望不见，耳边只有豪迈劲烈的、马蹄驰骋于草原的声音，久久回荡。"把那些断章的词句堆砌在一朵白云里：有一种海上生明月的心情//此时，却天涯不共"。张九龄《望月怀远》的唏嘘在一千多年后的这首诗中终于得到了回应，"远方有佳人"，她应是身处异域，天涯远隔，只能于这首诗里与作者在精神上片刻地相会了。

三、永不熄灭的星辰火焰

　　"诗以情为脉，人以骨为气。"德义兄的诗作是蕴含着丰富的感情的，既有家国之爱、山川之颂，又有感怀友人、追念至亲之作，字里行间流淌着热度与激情，却又在热烈中保存着相当的理性，因此沈天鸿先生评其风格为"热烈中的冷峻、恣肆中的收敛"，是比较中肯的。不仅如此，我认为德义兄的诗作兼具"冰与火"二重属性，既追求不被主观情志所约束的客观表达，又间接表现诗人个性，从而展现出人类的普遍情感，熔如冰的理性与似火的浪漫于一炉，这与T.S.艾略特"非个性化"的诗学理论是相契合的。在《无力抵达草

莓的边缘》一诗中,德义兄深情地写道:

> 草莓无法遇见,火焰无法遇见
> 妹妹,我就一如既往地
> 静静站在你清新呼吸的后面

初读其诗,尚不能了解"草莓""火焰"是何指代,还以为是指小时候兄妹俩一起采摘草莓、拾柴点火的农村童年生活,直至读到"岁月如白云朵朵,淡淡散去/我的幺妹,你轻笑着,与草莓/永远站立在1986年的风里,隔着/一个世纪,你读不懂我湿润的诗句/我也只能透过星空与火焰,看你",湿润的悲伤渗透在1986年的风里扑面而来,我才知道这是一首为自己不幸早逝的妹妹所作的悼亡诗。

亲人离世无疑是人世间的大悲痛,捶胸大哭、悲痛欲绝更是最常见的情感表现,如韩愈《祭十二郎文》所写:"生不能相养于共居,殁不得抚汝以尽哀,敛不凭其棺,窆不临其穴。吾行负神明,而使汝夭……自今已往,吾其无意于人世矣!"万念俱灰之情状,如在眼前。而在德义兄的这首悼亡诗中,他抑制住了内心悲痛的汹涌席卷,采取了一种极度客观冷静、不起波澜的注目姿态,站在岁月的星空下凝视着象征着少女美好年华的"草莓"与生命力的"火焰"由红变白,最终跳动成纸钱燃烧之际坟前腾起的那一朵悲苦之花。没有撕心裂肺的哀哭,也没有运用层层排比铺张渲染内心的情绪,只剩下多年来不变的梦中凝望,那目光越过岁月、透过黄土,怅惘而悲伤的气氛充满了整个诗体空间,将个人的情绪提升到了人类苦痛的深层境界上。

我读德义兄的诗作,另一个鲜明的感受就是他对生命始终保持相当达观的态度,鲜有"譬如朝露,去日苦多"这一类弥漫着忧伤味道的诗句。如他在《星空秋语》一诗中写道:"有多少片秋叶落下/就会有多少枚燃烧的星星/天地恒远啊/大风,在山河间穿行/激情不衰的风啊,从古至今。"盘旋落地的秋叶,升上天际的燃星,这互为映衬的两者不禁让人想起了幼年时祖父母哄我们入睡的童话:"人死了以后就会化作一颗星星,一闪一闪,每当夜晚来临,你就能看见……"但是多了一股潇洒狂飙之气,这股风翻山越岭,拂古吹今，见证了多少繁华盛世、良辰美景！作者满怀豪情地挥笔写下：

> 谁能手持一片绿叶
> 走完绚丽的恒春
> 谁不想在银河抚摸到
> 闪烁在几亿光年外的星辰
>
> 星空辽阔
> 大地无比洁净
> 以一炷高燃无畏的生命挺进
> 执起浩瀚苍穹
> 人间，从此不惧缺少光明

朱光潜曾说，诗最不易谐，如果没有至性深情，谐最易流于轻薄。而在德义兄的诗作中，以友情、亲情、爱情为题材的诗作数量相当多，我却并没有发现哪怕一首应酬之作。德义兄的这些作品是很真诚而无虚饰的，完美契合了明代大诗人袁宏道所言"非从自己胸臆流出，不肯下笔"这一创作精神。

通过《星空秋语》这首诗，我们就可以看到，在诗人的眼里，每个人的生命就是一炷香，生命之火燃尽的那一天总是会来的，但人生天地之间，根本无须畏惧死亡，而是要始终保持对生命的热爱，大步向前，勇敢且积极地去生活。在这部诗集的压轴之作《我们必将有所怀想（节选）》中，作者用滚烫的文字深情地写道："假如，有一天／还有一人能移动照片中的我们／同学的我们／将会缩成记忆的恒久集群……我们都坚信／你的年龄／就是我们团队的最终年龄／你的梦将延续／我们班级所有人的梦。"可见德义兄心中对友情珍重之深。在他的眼中，"我们是一个整体"不是一句陈词滥调，而是真真切切镂刻在了岁月以及彼此生命的深处，只要还有一个同学在，我们就不会被遗忘，我们那些故事就会被人好好珍藏！

总之，读完了德义兄的这部诗集，我最大的感受就是他的作品既富有学者张宏杰所说的"用大铁锤击打蝴蝶翅膀那样的雄壮"的举重若轻与率真浪漫,又蕴含着他对社会现实的重大关切与深度追问;既对地震、战争所带来的阴影,城乡之间的隔阂与冲突等重大灾害和热点事件即时发声,又对家国情怀、集体与个人欲望的对立与屈从等深度思考,反映出诗人强烈的社会责任感与正直之心。正是有了对现实问题的深切关注,诗人带着个人体温写出来的诗,必然是有思想的,也是颇具个性的,这也正是他的诗与那些一味热衷于追求诗歌文字陌生化、隔膜化的效果,以至于把写诗当成了一种单调无趣的文字排列游戏的诗人的不同。我认为,德义兄的诗华实并茂,这正如他的人一样,让人在阅读中收获生命的感动、精神的愉悦。

2021年10月10日于奥克兰北岸得月楼

(**聂茂**:鲁迅文学奖评委,知名作家、诗人、文学评论家,中南大学教授、博士生导师。中国作家协会会员,国家社科基金重大项目成果鉴定专家,教育部学位中心评审专家。)

后记

天空下的河流及诗观

一

对于水及天空下的河流,我有着特别敏锐的感知和特别深的情愫。

小时候,长在巢湖之滨,蓝莹莹的一湖水浸透了我的童年。工作后,生活在长江北岸,滔滔一江水日夜奔流于我的昼与夜。水,形态变化多端,充满了梦幻色彩,蒸腾可为浮云,寒极可凝为冰雪,冷热水汽交汇又会形成自天而降的雨、雪和冰雹,还会形成诗一般的雾。水因此而形成的哲思让我着迷。

作为一个坚持写作长达近40年的爱诗者,我一直固执地认为,水是连接人与自然的亲和载体,是连通天地最融洽的温柔介质,而水最为浩荡澎湃的姿势便为奔腾的河流,那是天下最美好的诗句。

诗歌是属于青春的,而我的青春却属于诗歌。如果要找寻我的诗歌处女作,那就是发表在红旗农业实验中学墙报上的《清水渠》。而我正式发表于报刊的作品也与水有关,那就是1977年刊登在家乡《红巢湖报》副刊上的《芦苇》。我在校期间,每天一大早就跑步到石门湖畔,迎着晨风和朝阳背诵汉赋唐诗、宋词元曲,而其他业余时间都是在图书馆度过的,现在想起来,那徜徉在诗歌芬芳中的青少年时代是多么的美好。

前一段时间,我与一位远在南太平洋岛国的老友隔着烟波茫茫的西太平洋聊天。他是一位典型的理工男,却有很深的人文情怀。我们之间虽然隔着浩渺的大洋,可他却一再说,他年轻时特别钟情于张承志笔下的《北方的河》,说他家住在太湖边,他在水边长大,河流是他心灵的来处,也会是最后的归宿。有一次,他看到我们一张合影的老照片,突然提到天空下的河流,我知道,他说的是河流,是诗,更是照片中一个特定的人。

那时,我们只有二十多岁,我曾带他一起见照片上的那个人,他是我这一生见到的第一位真正的诗人,一个打鱼出身的诗人。他,就是沈天鸿先生。

三十多年过去了,当下说起,我这位老友依然记得那天相见时所感应到的强大气场,他用沈先生的一句诗来概括,那就是:天空下的河流。

我与沈天鸿先生相识于20世纪80年代初,那是个诗歌飘香的年代,那时他早已诗名远扬,我们江心岛诗社一帮文学青年只是狂热而又稚嫩的爱诗者。《天空下的河流》是沈先生的一组代表诗作,面对他及他极其丰富、深沉的文字,就如同面对不远处日夜奔流不息的扬子江,江心潜流,江面波涛和船帆以及江天的飞鸟与风,都与他的名字关联在一起。

1985年,我们江心岛诗社印刷的第一本诗刊,也是安庆民间文学社团第一本铅印社刊《岛》由沈天鸿先生作序,他是诗社的名誉社长。三十多年来,他与我们建立起亦师亦友的深厚友情。

他在序言《流动的岛》中写道:"以这本诗选为标志,一座流动的江心岛正在成形,正在悄悄冒出1985年的水面——我也看见它了,火光在前,召唤在前;风,同时从东方和西方吹来,以纵的和横的姿态吹来,在它们相遇的蓝色河流上,高高地耸立着一个勇敢的岛的梦,而天空,则静静地在葳蕤的岛上休息……"

此刻,当我读到这段序文时,这三十多年前的文字所包蕴的哲思与激情毫无岁月积尘,依然新鲜、有力,依然让我怦然心动。

此刻的窗外,是十一月温暖的阳光,阳光下的书桌有些晃眼,不是因为光,而是因为我面对的沈天鸿于2017年6月刊发于杂志的《春天的河流与泥沙》:

四面八方赶来的泥沙,其实比花多
比树叶比草多,仅仅

比梦话、比风少一些
　　河流拐弯的地方,河岸在悄悄崩塌
　　这是春天到来的代价,为了
　　让花盛开,让叶子生长
　　让突然的雨,将空气中的泥沙
　　冲刷下来,声声慢,但也会暴躁、急骤
　　仿佛急于将春天冲进尘埃
　　冲进更多泥沙翻滚的河流
　　而河水仍然是荒凉的
　　甚至连春天的倒影也没有
　　仅仅是在它的上空,蝴蝶,蜜蜂
　　偶尔会渡过它,犹如
　　渡过沧海

　　这是怎样的一条河流?
　　拐弯、崩塌、盛开、冲刷、翻滚以及渡过,这不就是一个大变革时代的所有行动吗?
　　是的,一股泥沙俱下、势不可当、推陈出新的力量。
　　沈先生诗中这条洗涤尘埃、冲刷泥沙的春天的河流着实让我震惊,这一往无前奔向春天与大海的喧嚣水声来自天空的雨水,来自裹挟大地泥土的呼喊,这水声犹如一道道强烈的哲思闪电,让我奋起,而后沉浸其间,这是沈先生诗歌传递给我的,可我却无力还原成我内心的完整文字。
　　沈先生时常说,自己是渔民出身,对水和水声有着特殊的亲近感,特别是对河流在夜色里变幻着发出的光……这具有哲学意味的光芒时常让我迷茫又沉醉,我个人理解,这实则沉浸着诗人坚定而独特的诗学追求和哲学深思,是天空下的大音希声。
　　而此刻,静下心来,我在这三十多年与沈老师断续的交流的时空里,突然抚摸到一条一直涌动的幽暗河流,静静地在深沉的暗夜里流淌。这是一条充满哲思与诗意的河流,那河流的水面在天空下的黑暗中呈现粼粼波光,我知道那是他人无法掠美的诗句。

我喜欢的河流是长江、黄河等大江大河,而特别喜欢的却是远在祖国边陲的额尔齐斯河,它是中国唯一流向北冰洋的河流,也是一条穿过沙漠和草原的河流,它以河流的姿态穿过多种地理形态,但最终奔赴大海。海,是河流休闲的姿态,敞开胸怀的姿态,也是河流必然的归宿。

我知道,河流的野性和奔腾的本质不会改变,因此,海,时刻都处在深层的喧嚣之中,它有波浪翻涌的琴键,但不适合弹奏,也不必弹奏。大海本身就是旋律和音乐,它的浩渺超出了我们的想象,它的韵律感也超出了我们的想象。海洋潮起潮落,人只能望洋兴叹。我看到海,走近海,也在一步步了解海。

二

我与沈先生生活在同一座城市,别称宜城。面对宜城古城墙下日夜流淌的扬子江,我时常会想起一位美国诗人,如同休斯熟悉他家乡的密西西比河那样,我也极其熟悉家乡的每一条河流上这样的夜晚。

我时常在想,我的创作历程,其实也一直在学习沈先生。沈先生欣然接受邀请,为本诗集作序,并给予过誉的肯定。这些激励我的文字也将成为一条潜河,永远流淌在我的生命里,激励我奋勇向前。

这本诗集遴选了我从20世纪80年代到21世纪20年代各个时期的代表诗作,从早期的朦胧诗,到中期的各种现代诗的探索性尝试,到现在的新写实主义,我的心灵始终以诗的形式,在与时代精神的默契中互动、并进。

钟爱生态自然、凡心尘世,倾心花草树木、星辰云霓,将这些汇聚起来,呈现各异的姿态,有的清新如晨露,有的飘逸如云朵或秋风落叶,有的坚韧如岩石,有的粗狂如奔突之江流,也有的深沉寂静如沙石之下的潜河。我想,这些定会在我的人生地图上留下深刻的印记,并在岁月的深处散发耀眼的光,积聚为我人生最丰裕的精神财富。

正如我的近作《一条渴望拥有姓名的河》所言:

我喜欢拜访那些陌生的河流,每一条
　　都来历不明,也都有神秘的归途
　　和我一样,没有人知道我来自何处
　　又向何方游走。纵使
　　被一块巨石撞碎,我也会装作
　　满不在乎

　　这世上,没有什么
　　比河的意志更坚定持久,纵使千转百折
　　也要找到自己的出口
　　在冲撞中破碎,在破碎中团圆

　　……

　　当我抬起头来
　　我希望有人透过浪花认出我
　　并给我一个温暖的名字
　　让我有名有姓、大模大样地
　　从人世间淌过

　　是的,每一条河流纵使百转千回,也能找到自己自然的出口。我有时静下来,细想自己近四十年的诗歌创作之路,其实也如同一条变化不断、曲折向前的河流,虽然诗歌修辞手法不断创新和变化,但核心依旧不离现实,只是不断学习和变换着运用不同的现代诗歌创作方法。

三

　　研究中国新写实主义诗歌的创作要领,你不难发现,它既不是对意大利新写实主义电影关于写实技法的单纯模仿,也不是对中国新写实主义小说创作技巧的单纯借鉴,它关注真实,不拘泥于表达技巧,努力提升文字的色彩、内涵、韵律,创造震惊性诗意,强调诗歌精神的崇高等,这几个方面是中国新写实主义诗歌在创作上的主要取向。

在我理解的概念中,新现实主义与新写实主义诗歌的主张非常接近,都是以现实生活的真实感悟和自然诗意为主要内容,在创作方法、方式上,注意吸收、学习其他流派。

我认为,新写实主义诗歌强调如下"四性":一是内容的真实性。新写实主义诗歌以主观内在世界与客观外在世界的真实感悟为主要内容。二是整体的抒情性。提倡诗歌整体的抒情感悟,注重诗歌场景戏剧性的抒情演化,强调诗歌细节情节性的抒情表达,创造一种还原生活"故事性"本质的情感诗意。三是文字的内在韵律性。诗歌不仅要挖掘语言的韵律,还要挖掘语言的色彩成分,更要挖掘语言本真色彩所具备的诗意韵律,运用语言的色彩韵律,表达诗歌的内涵与外延。气韵生动的诗歌语言是新现实主义诗歌的美学追求。四是表现技巧的多样性。诗歌主张诗人的思想情感通过描绘形象或意象,具象或抽象地表达出来,或者直接通过白描叙述、传神刻画来创造意境,既有现代诗歌的诸多表现方法,又有传统诗歌表达技法,甚至传承了一些中国古典文学创作方法。正如沈老师和聂老师在点评我诗歌的文章中所言,"他的一些诗明显地具有中国古典文学的色彩","在德义兄的诗作中,便充分体现出了现代与古典水乳交融的特色"。新写实主义诗歌是诗人把自己从现代社会生活之日新月异的矛盾变化中所获得的震惊性体验进行倾诉的一种艺术概括。

"诗是一种修炼。""修炼"什么呢?修炼语言、手法,修炼对人世的敬畏与悲悯,对万物的感同身受,对语言修辞的巧妙运用。在我的诗歌形式表现和手法修炼上,"兼收并蓄、不拘一格"是典型特征,无论是用白描、赋比兴,还是象征、意识流、荒诞、魔幻、非理性、朦胧、黑色幽默、陌生化、移情、通感和交感等等表现技法,或者另创一种全新的诗歌艺术表现手法等,均可视为新写实主义诗歌表现手法的一种运用。这里不是以某一单项或几个单项表达技巧作为追求,技巧不过是诗歌表达的一种手段,因此,我认为任何表达技巧都可为新写实主义诗歌所用。我一直追求诗歌精神的崇高,拒绝苍白抒情、无聊文字、颓废思想,提升向真、向善、向美、向上的诗意空间,诗意震撼力和巨大视野是我诗歌创作的核心追求。比如早期的《神州古月》《江城古塔》《雁领死后》,近期的《雪意九段:雪落在雪白之上》《立夏,在龙山口遇见一场雨》《星空秋语》等。

从严格意义上来讲,新写实主义与超现实主义也有相通之处,从人们对"现实"的定义上来说,就不难理解。超现实主义者认为"现实"只是影子,而这些影子又被分作两类:一类是物体或思维本身直接投射出来的,我们就在这类影子的世界里生活,在我们自己的影子中间行走,跟我们自己的影子作战;另一类则是诗人用内在的慧眼直接看到的埋在无意识中的意象(称作"深层意象")。超现实主义诗人着手探索和抒写这两类影子及其产生过程,用"思想的语言""梦的方法""原始的比喻"表达出来,因此隐晦难懂,有时甚至无法理解;而新写实主义吸收了它的一些表达方法,在内容的取舍上,努力向上、向美、向明,着力摆脱晦涩难懂的阴面。

四

无论是我早期晦涩的朦胧诗、中期诸多探索的现代诗,还是近期诗意明亮的山水诗歌,都体现了现实主义的新实验特征,暗合新写实主义的艺术倾向。只是由早期纯自然格物的诗意意象到由内而外的抒情意象,再到天人合一的"生命情志"表达,形成了我诗歌创作的总体轨迹,也即由单纯的物的诗意追索到心的诗意咏唱,再自然发展到心与自然的契合,通过运用诸如象征、通感、移情和隐喻等一系列现代技法,实现了从物象、语象、意象的及物到及人性的诗意表达,象征和隐喻了一种深度忧患意识。

我一直以为,诗情是指诗歌通过抒发自己内心的情感,在内蕴上、旨意上朝着形而上的指向,以达到东方美学的融通与流畅。诗意是一种恣意任情、信笔拈来的美学追求。诗的气息是多情的、自由奔放的,把个人激荡而委婉的深情,与大自然的山水自然美妙地交融在一起,是一种极其愉悦的创作体验。在我中期和近期的诸多诗歌中,读者不难看出其中无处不在、喷薄而出的浓烈情感,使用浑然有致的情绪传达最原始、最质朴、最透明的生命情志。这纯粹、自然的情感能超越时空,将个人思想融汇于社会的公共抒情的激流中。

  美国诗人布莱克坚持"从一粒沙子看出整个世界",并善于在琐碎的日常生活中捕捉"那隐藏着的意境"。因此他的诗寓意深邃,富有哲学意味。以丰富的想象力使自然界万物复活,透过一幕简短的情景和具体物象,暗示人生的道理,是他表现自我的独特方式之一。作为公认的意象派诗人,他是我一段时间诗歌学习的榜样。他赋予自然界之物以象征性并予以道德上的意义,而不是纯粹描写自然界景物、抒发一时的情怀。我早期诗作《抚摸石头》《静观》《接近那块石头》《依墙而立》都体现了这一艺术特征。

  我认为,在早期的诗中,对"自我"的意识成为朦胧诗人的自我意识绝非偶然。这种自我意识包含着沉痛的历史教训,有着丰富的现实内涵,而"新的自我"即基于这样的反思,在昔日的"一片瓦砾上"诞生。诗在"可解与不可解"之间,我早期的诗如《坐在玉米当中》《非透明时刻》等等,体现出的就是这样一种诗的追求境界。

  在我早期的《格物之调》一辑中,一些精致盆景般的抒情小品,也体现了不依赖抒情主人公的情绪牵引,不依赖经验与情境的具体性,让诗境与诗语魅力自呈的特点。譬如《洞居》《空壶》《树杈上下》等,特别是《围绕着鱼》:

  我没说什么,围绕着鱼
  抽着烟,我没说什么

  鱼在水中,水在红色的盆里
  太阳在窗外,余光在水里

  ……

  我在室内抚摸窗外的太阳
  辗转反侧如一盆水中的鱼

围绕着鱼，我没说什么

抽着烟，我绕鱼而过

诗的旨趣是让你产生经验的共鸣和诗意体验，这是自洽自足的诗歌文本本身的美学张力。《围绕着鱼》之所以值得我们玩味，是因为它有自身的完整性和象征性。你看这首诗的意象：太阳、室内、盆子、水、鱼、烟和"我"，它们在汉语语境中都是"旧意象"，但我利用"旧意象"的互文性，在新的语境、结构中变成了翻转主题的因素，而这"室内"的"我"与"水中"的"鱼"这两组对应矛盾体，在"纠结与疏导"的翻转中获得了现代意味。在本诗中，起句"我没说什么，围绕着鱼"，到落句"抽着烟，我绕鱼而过"，隐形说话主体经由焦虑的"围绕"到舒适的"绕鱼而过"，道出了面对无数现实生活中纠缠不清的矛盾、困境与人类焦虑，无解或忽略其实就是生活无奈的本相。

五

20世纪90年代，诗坛热衷于"叙事性""日常生活""个人写作"，我受其影响，也竭力地去投入、去实验。在这类诗歌中，代表性作品有《爱情在上》《我只想写下这些，就这么简单》《九年之忆：龙山风水与高速公路》《一朵溺水的荷花——致敬屈原》等，用口语式散漫的语言和叙事性结构呈现生活中的节奏和美好。正如沈老师在序言中所点评的那样，把这类"日常生活""能够游刃有余地写得这样诗意盎然"，是我一直追求的目标。

近期的山水诗歌和口语化探索，就体现了新现实主义特征，即由此超越了汉语诗歌写作常见的"自我中心主义"倾向，恢复了社会性，重新发现了大地，接通了时代精神。如《草木间》《是水，却又不尽是水》《致敬大地（组诗）》《大地之上》等，都是我在"天空下的河流"之上发现的新的"自我"。诗从内心出发，一点一滴地修正着自我的精神、行为，修正着自我和他者之间的亲近关系，又自然回归现代诗歌带领大众阅读和思考的本心。

纵观整个创作历程，我一直以现实为观照、以人民为中心进行诗歌创作，"坚持对真善美引领"的诗观，表达对美好生活的一种祈愿、追求和向往。

从不同的角度,让诗歌从抒发"小我之情"实现了"共性之愿",用诗意观照了最广大人民对美好生活的祈愿。诗歌在求真、求美的同时,越来越注重对善恶的探求和反思。对人之为人、对人性的思考,深深地融入了缪斯的血液,这似乎又是一种回归。孔子"兴观群怨"的思想主张中国诗人要将一己的志向、行为嵌合到对国家、社会的关心和奉献中去。正如聂茂教授在诗评中肯定和鼓励我的那样,"蕴含着他对社会现实的重大关切与深度追问",这些在《大地之疡》一辑中,有较为集中的尝试,代表作有《十三束未经风雨的火焰》《夜访鲁迅》《乡野之疡(组诗)》等。

六

纵然天空下的河流姿态各异,但起伏翻滚、曲折迂回、一路向前,是它应有的常态;观察两岸的视角,也变幻莫测。作为近四十年一路探索向前的爱诗者,我从20世纪70年代中学时期即尝试写诗,到80年代初工作时正式发表诗歌作品,一直在积极学习和尝试现代诗歌的各种写作方式。在我的职业生涯之外,我把"写诗作为生命的另一种呼吸"来重视,特别是在20世纪80年代末,有幸进入中国作协鲁迅文学院作家班进修,经过较长时间的艺术学习和训练、实践,我一方面深受"李、杜"传统诗歌的熏陶,另一方面又受西方现代派如T.S.艾略特、庞德、赖特等诗歌的影响,包括惠特曼、聂鲁达等现实主义诗作,才让我对诗歌艺术的理解和思考有了较为完整的提升,写作视角和艺术风格也随着时代的变迁、心灵的嬗变而不断更新,这些也自然成了我创作实践探索的应有要义。

对诗歌视角的选择我有着特别的关注,正如布罗茨基所谓"绝对的视角",其实仍然是写作者的视角。那么,作为新现实主义的我们,是否可以把这种视角理解为现实的视角、一种双向互视的视角呢?在这种状态下的写作者和其"现实"结成私人的、亲密的关系,也是一种互动的状态和关系,从写作者心灵的视角,到物象的视角,再到由物向心的观察互动的视角,从而实现彼此的双向选择,达到"天人合一、物我两忘"之崇高境界。这些视角的互换,在我第三辑《自然之爱》的诗句中得到集中验证。

比如《秋天的漓水》《遇见陌生的清晨》《从草的根部出发》《除了我身后的时间》《穿过澧水》等等,特别是《叶子就站在秋天的高处》:

是谁站在这季节的边缘? 一树
秋天的光芒,荣耀的叶子又是为了谁
一望无际啊,这秋天腹部风响的叶子
无可救药的迷失,我在这九棵树的秋季

……

一地月亮的蓝光里,有人安然睡去
只有那深不见底的秋色啊
停滞在大地的深处,叶子的尽头
我彻夜眺望的影子又是为了谁

叶子抚摸季节,我抚摸你,风吹过
尘土和光荣都会回到自己的位置
你也将回来,就像树叶曾经在高处
现在回到大地的怀里

在惯常的思维和理解中,诗到语言为止,是将词语作为起点,但不是要将词语设置成终点。词语没有边界,可以进行内外组合,以构成多重变形,幻变的诗意由此生成。《叶子就站在秋天的高处》一诗将焦虑情绪与移动的视角、记忆和客观对应物关联起来,这一新颖的"组合"来自观看经验的词语化,它可能涉及假定、意念与想象之门的开启,但最终指向了对存在的探寻。诗人所写的一切皆为可还原的场景、事物,比如"九棵树的秋季""叶子抚摸季节""深不见底的秋色""叶子就站在秋天的高处""回到大地的怀里的叶子"等,词句一闪而过,如同回忆的瞬间被画面定格。诗人在此以词语定格那些实存的意象,但是意象又被词语反向塑造,"虚无只是被再生事物挤出去的修辞学",而焦虑像秋天的叶子在秋风中摇摆不定,直至从高处坠落,"犹如世界也处于焦虑本身,正与你同行",在意象的自然切换中,一片叶子还原了人的一生。

我喜欢用自然词语激活想象力,再以想象力的释放完成对词语的现实"讲述",最终构成一道关于诗的微光,"释放掉暗示、通感、象征,直接进入隐喻的神秘主义现实",我认为,这恰好是诗的正途。

七

德国哲学家海德格尔在他的《林中路》中这样写道:"只有诗人才能愉快地感受一件事物的美,感受到隐藏在事物内部的美的神秘规律。除他以外,谁也不能给我们传达美的魅力。"我一直在努力探索如何传达这种"美的魅力"。随着时代的进步,岗位和年龄及阅历的变化,我的诗色渐渐明亮。我近期喜欢的是一种恣意任情、信笔拈来的诗意。诗的气息是自然的、自由奔放的,把个人激荡而委婉的深情与大自然的山水美妙地交融在一起,逐步从"自然意象"到"抒情意象",再提升到"生命情志"。我努力追求、创造灵魂世界更加接近自然的一种思化的诗意。自然为人开启了唯一的栖身之地,它依然是不可代替的神力现实。

《湘西诗行(组诗)》是我在高铁上以旅行者的视角看到窗外流动的景色,这些不断变换的景色激发、触动和引起我的回忆和思考而写的。如果我注意观察,还会向一些人、物、事投去关注的一瞥,但是,由于车辆是在行驶中的,因此,我的视角和视野也是在流动中的,"思想"很难固着在一个事物或人物上。在车上,视角真正处于一种"散点透视"的状态之中,思绪也时时在跳跃之中,不像在静止环境中那样可以持久、深入地思考一个主题。旅途可说是真正的"神思游离"时刻,对周遭景物可有逼近的观察和认识,对所过之处的民情甚至能有深入的体察,这种即景与记忆、在场与不在场、现状与想象、随意与思考,很容易催生出一类特定的诗歌文本。我很多诗歌是在旅途中构思并完成的,比如《俯视乌江》《深秋抑或初冬的黎明(组诗)》等。

在山水诗歌创作的过程中,我认为,对自然的反思,是人与环境、自然与未来、诗意自然与自然诗意等关系中所蕴含的诗意美学。在创作中,我不断切换拟人化的视角,又不断编织一个隐喻连环另一个通感的跳跃诗段,努力让诗句画面的写实与字面叙理的写意、意象与情境始终交织在一起,形成思想与诗化之间的目的性。我的诗集中呈现自然诗意的词句俯拾皆是,如春光、雨水、河流,如星光、烟火、灰烬,如峰峦、树木、草莓等,这些词句竭尽所能地在任凭驰骋的情思里,完成了一个抒情诗人对新写实主义和浪漫主义色彩的追寻。

新写实主义诗歌还有一种"唱"的节奏,是语言的舞蹈而不是散步。在这方面,我深受当代诗人叶文福的影响,他那深爱祖国的赤子之情和铿锵有力的诗风影响了我,这种风格深深地烙入我的骨骼。我在诗歌创作中,更注意语音节奏和词性的自然搭配与情感的自发起伏,让词句节奏与诗的思维节奏相吻合。从传播的角度来看,诗歌便于大众传唱和咏颂才具有较高的社会学意义。体现这一艺术特征的有早期的《传说死亡是夜的颜色》和散文诗《夜咖啡:二十四匹雪色烈马》,近期的有《你是我赖以歌唱的唯一的伤口》《无力抵达草莓的边缘》《是谁在向着南方歌唱?》《我想对新年的曙光说》等。

人世间河流的野性和奔腾的本质不会改变,因此,海,时刻都处在远方的等待之中,成为天下之水的最终归处。回望我的全部诗歌创作,我一直都在坚持水纯粹变幻的本质,唯因其"落在低处",才更真诚而动人,无论是涉及高山、天空和远方,还是花草虫石和内在的情感,我都立足现实、心怀真诚,带着激情与想象,如一条不断奔涌的河流,在新写实主义诗歌之路上"兼收并蓄",努力探索、向前。我从早期的"基于思考和抒情""以自我为中心的书写",而逐步尝试转向"以社会为中心的书写",在我的诗眼中发现了更高远的"天空"、更高耸的"峰峦"、更壮美的"河流",以及山川之上的植物、人世烟火,用诗歌在阴冷处感受温暖,于灰烬中捕捉光辉,面向底层积蓄热力,从而不断奔赴"有更多的新的意象需要我赋予诗歌意义,有更多的基层眼睛需要我点亮诗歌之光"的诗歌目标。

在这本诗集即将付梓之际,特别感谢一直以来关心我诗歌成长和进步的诗歌界朋友,特别是沈天鸿老师认真阅读我的诗集初稿并为我撰写序文,远在新西兰的聂茂教授在学术研究之余拨冗为我的诗集撰写近六千字的评论。除却感谢,我还将会把两位老师对我诗歌的过誉之词当作对我诗歌创作的鼓励与鞭策,力争写出更多更好的作品。

  在此,我要对一直以来关心、支持我诗歌创作的妻子、女儿和亲朋好友致以诚挚的谢意。

  这本诗集,我也将作为一份特殊的礼物,敬献给我英年早逝的母亲,是她赐给我一双珍爱世界的眼睛和向善向美、追寻诗意自然的生命。

2022 年 10 月 24 日于怡景居(三稿)